あすは起業日！

森本萌乃
Moeno Morimoto

小学館

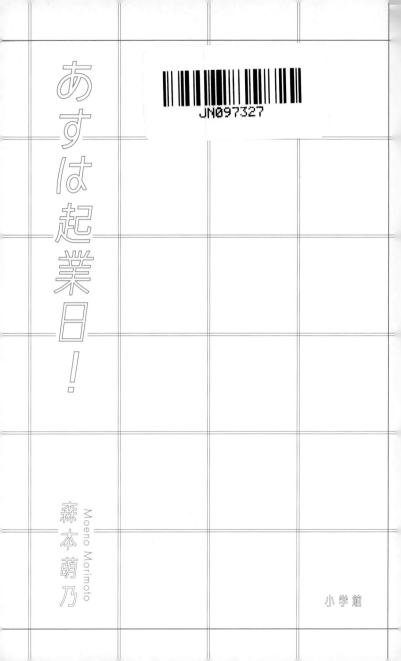

装丁＝沼本明希子（direction Q）
装画＝杉山真依子

あすは起業日！

プロローグ

友人と食事した夜の帰り道は、幸せな余韻と共にほんの小さなわだかまりが心に残る。砂利石くらいに小さな違和感も、集まるとまあまあの存在感を放つようで。

「私だけだな、何にもないの」

家の近くのコンビニに入ると、加藤《かとう》スミレはぼんやりとアイスをカゴに放った。カップ麺にも手を伸ばしかけたところで、慌てて棚に戻す。食欲を満たしてうやむやにしている場合ではない。

二十九歳、高校時代からの仲良し四人組。働き盛りの女たちが集えばいつだって話題には事欠かない。昇格、抜擢《ばってき》、転勤、転職。恋愛の話もそこそこに、たった二文字にまとまる近況をネタに何時間も話して讃《たた》えあう時間は、日常を潤す大きなエネルギーの源。それなのに、このところ停滞気味な自分のことが今夜はやけに気になった。

「スミレは最近どうなの?」

「んー、変わらずだよ。普通」

「普通って！　謙遜しなくていいのに」

スミレは曖昧に微笑《ほほえ》む。たしか前回も、そして前々回も、話を振られてスミレだけが何も返せず適当な返事で受け流した。仕事に全力で打ち込む友人たちは、自信を裏付けるかのように皆《みんな》肌ツヤがいい。それに比べて自分は、目の下の黒いクマを必死に隠そうと厚化粧だ。

社会に出てから七年が経《た》ち、仕事に慣れ、転職先に慣れ、加えて最近はリモートワークにも甘やかされているせいで、仕事へのやる気が全く見つからない。翻せば穏やかともとれるこの状況だが、みんなと比べると人間的な成長や魅力が減退しているようで焦りを覚えた。

手探りでカバンの中の鍵を探していると、スマホの液晶が光る。深夜〇時、金曜日。

もう金曜日か――。あっという間にやってくる似たような週末。前回の週末に何をしていたのか思い出すこともできない。

（来週こそ色々考え始めよう）

金曜日に守れぬ誓いを立てるのも、もう何度目のことだろう。

酒の残る頭を持ち上げて翌日金曜日の仕事をなんとか乗り切ると、定時の退勤時間まではあと三時間、五月とは思えないほどの気候に誘われて、散歩に出かけてみることにした。やろうと思えば仕事はまだあるはずだが、週末を前に新たなことに手を出す積極性があったなら、今頃こんな憂うつも抱えていない。

時間をつぶすようにに普段よりもゆっくりとした足取りで歩いていると、半袖姿の人とすれ違った。どれほど代わり映えのない毎日を送ろうと、時間は進み、季節は巡る。二十代最後の夏、響きこそ爽やかだが、適当な飲み会と無理して詰め込む旅行とで、今年も過ぎ去ってしまうのだろうか。

全部自分のせいなのに、物足りない、何もかも。

「あ、やっぱりイートインで」

テイクアウトのつもりで立ち寄ったカフェだったが、目の端に捉えたテラス席が気になって予定を変更する。ドーナツとアイスコーヒーを持って席に着き、頬杖《ほおづえ》をつきながらぼーっとしていると、思い出されるのはやはり昨夜のこと。

(みんな、輝いてたなあ)

やる気は湧いてくるものだと信じて悠長に待ってみたが、さすがに停滞期間が長すぎる。友人たちからこれ以上遅れをとるのも嫌だし、このままではいよいよ会社からも目をつけられてしまいそうだ。躊躇《ちゅうちょ》していた新商品のプロジェクトメンバー、あれ、週が明けたら立候補してみようかな。そうだ、来週からは本当に頑張ってみよう。来週から、来週こそ。

社用スマホに通知が届いたのは、そうして今週の仕事モードをオフにしかけた時だった。上司から届いた一対一のミーティング招待通知は、なんと十五分後に始まるという。

「やば、急ご！」

スミレは食べかけのドーナツを持って大慌てで家に戻った。

「お疲れ様です。どうしたんですか？　急に」

ふらふらと出かけていたことがバレぬよう、仕事中の声色を装いすました声で話し出す。

「お疲れ。ごめんね突然」

「いえいえ。それより私、何かミスしちゃいましたか？」

画面越しの上司は、眉間《みけん》に皺《しわ》を寄せ神妙な顔つきだった。まずい、もしかして、リモートワーク中に許可なく出かけていることがバレた？

「今から言うことは、断る権利ももちろんあるので、なんというか、まず最後まで聞いてもらえるとありがたいんだけど……」

妙な沈黙が流れた後、上司は何かを覚悟したかのように話し始めた。様子が明らかにおかしい。スミレは雑に組んだ足を正すと、画面上の上司をまっすぐに見つめた。

「会社の業績が良くないのは加藤さんも知っているよね？　そんな中、先ほどの役員会で大幅な人員削減が言い渡されて、加藤さんは退職勧告の候補者リストに名前が上がりました。理由は、リモートワークになってからの勤務態度や会社貢献度など総合的なものです。僕としては優秀な部下を手放したくない一心だったのだけど、力及ばず申し訳ないです」

　画面の少し右側を見ている上司、齟齬《そご》なく伝えられるようにと原稿に書き起こしたのだろう。早口で告げられた言葉たちは、妙な敬語混じりで棒読みだった。

「え‼　ちょっと待ってください。それじゃあ私、クビってことですか⁉」

　まさかの展開に驚き、スミレは思わず身を乗り出す。

「まあ、簡単に言うと、そうなるね……」

　バツが悪そうに口ごもる上司は、それ以降こちらに視線を送ることは一度もなかった。

　ものの十分で終わったミーティング、上司が早々に退出しても尚《なお》、スミレは退出ボタンを押せずにいた。来週からは頑張ろうとようやくやる気を出したところで、なんと頑張る場所を失ってしまった。

「無職、むしょく、ムショク……」

　放心状態の自分と向き合い、呪文のように呟《つぶや》いてみる。知っていたのに遠かった言葉が、今や自分の目の前、いや体中を駆け巡っている。予告のないミーティングに嫌な予感はしていたが、まさかクビ宣告なんてつゆ程も想像していなかった。こういう時、どう反応するのが正解だったんだろう。物分かりのいい部下として気丈に振る舞うか、はたまた感情に任せて泣きじゃくり抗議するか。結局答えが見つからず「分かりました」と短く返事をしてしまったが、何も分かってなんかいない。

働き盛り、三十歳を前にクビって……。みんなは嬉《うれ》しい報告ばかりしていたのに？　自分はまさかのクビ？　というか、よりにもよってなぜ自分？　ちょっと気が緩んでいたとはいえ、あんまりじゃない？　私がサボってドーナツ買いに行ったから？　メールの返信がいつも遅いから？　私ってそんなにダメ？　だとしても、ツケが大きすぎるよ神様……。

「うわ――――ん」

段々と現実味が増し、とうとう声をあげて泣いた。

思い返せばここが、スミレの人生を変えるターニングポイントになるのだけれど。

ピンチはチャンスなんて、所詮結果論だ。グラデーションの始まりが、いつだって混じり気のない単色であるように。眩《まぶ》しい朝日が、夜の暗闇から生まれるように。「無職」を突然突きつけられた直後の人間が、先で待つチャンスを見通す余裕なんてあるはずもない。

新緑きらめくある五月の金曜日。こうして加藤スミレは無職になった。

第一章 静かな決意

あと196日

スミレが今の会社で働き始めたのは、三年前のことだった。

四年制大学を卒業後、老舗《しにせ》の大手化粧品会社に入社してから四年。よく言えば優しく、悪く言えばぬるま湯のような環境から飛び出してみたいと考えていたとき、今の会社の社長インタビューが目に留まった。自分と同じコスメ業界でも、スタートアップともなると速度や描くビジョンがここまで違うかと、食い入るように記事を読んだ。

諸説定義はあるが、スタートアップとは、集めた投資を元本に創業期は大きく赤字を掘って事業を開始し、代わりに後期に大きな成長を遂げて上場やバイアウトで投資家たちにリターンをもたらすのが特徴の会社形態を総称したものである。そんなスタートアップの成長曲線はアルファベットの「J」に似ていることから、時に「Jカーブ」とも呼ばれる。毎月前年比数％の変動で一喜一憂している今の環境とは、社風も勢いも大きく異なるスタートアップで働いてみたい、そんな直感を信じてすぐに履歴書を送ると、広報PRの経験をかわれマーケティング部での採用がすぐに決まった。

転職からの一年は、仕事を覚えながらスタートアップの速度に追いつくので精一杯だった。無我夢中で食らいついた甲斐《かい》もあってか、ようやく二年目には仕事にも慣れ始め、あの時の直感に自信が持てたのも束《つか》の間《ま》、今年に入ったあたりから社内に陰りが見え始めた。

きっかけはオフィス移転だったと思う。引越しに伴い一時的なリモートワークが推奨されたのだが、引越し後もリモートワークが続行された。さらに新しいオフィスが以前よりも手狭になったことで、社員たちの間である噂《うわさ》が流れるようになった。

「うちらの会社、危ないんじゃない？」

何年も蓄えてきた赤字がいよいよ看過できない大きさに膨れ上がったのではないかと、社員たちの間で憶測が飛び交った。思い描いた経営の「J」を描けていないのだろう。オフィスの引越しも、表向きには新しい働き方の提唱ということになっているが、実態はコスト削減の一環に違いなかった。

会社の雰囲気が良くない方向に向かっていることを、スミレ自身ももちろん感じ取っていた。現在はメンバークラスの社員が百名弱に対して、マネジメントクラス以上は十五名ほど。上層部はやけにミーティングが増えてピリついていた。

とは言っても、社員たちにとってはどこ吹く風。上司の監視が減り、むしろありがたかった。スミレはとにかくこの街と家が大好きだ。中目黒駅から徒歩五分。住みたいと願い続けた川沿いの家が転職のタイミングでちょうど空いたので、値は少し張ったものの、仕事と一緒に住まいも変えた。転職当初は仕事で手一杯の日々を過ごしていたのだが、リモートワークが開始され在宅時間が増えたことで、ここ最近は愛着が高まりつつあった。週末には長蛇の列をなす人気のドーナツ屋だって、おしゃれなカフェだって、平日ならばゆったりと過ごすことができる。川沿いの木々のおかげで季節の移り変わりにも敏感になれたし、インテリアにも力をいれるようになった。

だけど――。

誰よりもリモートワークを謳歌《おうか》した結果、勤務態度と会社貢献度という指標で出社の少ない自分がクビ対象になるとは、なんとも皮肉な因果である。

　ただ同時に、長らくくすぶっているスミレを見抜いてクビにするのは、スタートアップとして至極妥当な判断だろうとも思う。盛者必衰、栄枯盛衰。成長が早い分衰退も早く、その度に素早い判断力が求められるのがスタートアップの経営というものなのだろう。切り離された身としてはやるせなさがあるものの、会社が生き残っていくことを考えると、こうした決断にも納得せざるを得ない。


「いてててて……」

　急に足の痺《しび》れを感じて立ち上がろうとすると、うまく立てずにラグマットの上に倒れ込んだ。オンライン面談が終わってからもう三十分以上、ラップトップの前で同じ姿勢のまま突っ伏していたみたいだ。ジンジンする足を少しずつ揉《も》みほぐしながら、スミレは仰向《あおむ》けになり天井を見上げた。

　これからの家賃、どうしよう。

　それだけじゃない。日々の食事に光熱費、スマホ代、コンタクトレンズ、サプリにピル、化粧品、本、洋服。週末は友達と素敵なご飯を食べに行きたいし、パーソナルジムだって一念発起で始めたばかり。今スミレを受け止めるこのラグだって、海外の通販サイトで一目惚《ひとめぼ》れして、商品と同じくらいに高い送料をなくなく支払ったところだ。こんなことをしている場合じゃない。お金。そう、この生活を守り抜くためにはとにかく稼ぎが必要だ。

お金といえば。上司からクビ宣告を受けた後、簡単に今後の手続きについての話があったことを思い出す。会社の申し出に応じる場合、仕事は来週から引き継ぎに入って良いこと、今月末までに会社からの貸与品を返却しに会社へ行くこと。向こう三ヶ月分の給与は通常の給与日に払われること、ストックオプションは無効となるが、心ばかりの退職金が振り込まれること——。

「欲しかったなあ、ストックオプション」

ラグの上に寝転がったまま、スミレは独りごちた。

ストックオプションとは、契約書で決められた株数と金額で、社員が優先的に安く株を買える権利のことを指す。例えば、会社が上場したり売却された際、会社の株価が市場で一株三千円で取引されたとする。契約書上一株千円で買える条件だった場合、一株あたり二千円安く株を購入することができる。契約書で五千株購入する権利が与えられていたとすると、通常千五百万円の価値がある株は五百万円、差額分の一千万円が自分の手元に入ってくるという仕組みだ。

　スタートアップには、社員たちのボーナスの支払いを先送りにして事業成長に投資するため、賞与制度としてこのストックオプションを採用する会社が多く存在する。スミレも例に漏れず、ボーナスはストックオプションで受け取っていた。会社の上場時の値打ちによって、いくらにだって化ける可能性のあるこの秘密の契約書を携えていることは、ある種スタートアップで働く醍醐味《だいごみ》でもあった。ここまで積み上げた三年分のストックオプションは、二十代の普通の会社員にとってあっさり放れる金額ではない。ああ、もう。どうしてクビになんかなってしまったんだろう。自分の何が悪かったのだろう。

　堂々巡りの思考回路を蹴り飛ばすように、一息で重たい体を持ち上げると、スミレは鏡の前に立った。つい三十分前と寸分違《たが》わぬ外見と質量の自分。いっそのこと包帯でぐるぐる巻きにして、松葉杖でもつけたらいいのに。目の前に突如現れた転職活動の不安をかき消すかの如《ごと》く、その場で小さくジャンプしながら体を動かした。

「家賃、なあ……」

　そしてなにより、明日からの生活費の心配がついて回る。

　翌週から早速始まった仕事の引き継ぎ作業は、憎たらしくなるほどに順調だった。同僚たちに退職することを打ち明けると、皆神妙な顔で同情してくれたが、自分じゃなくてよかったと安堵《あんど》しているのではとつい邪推してしまうため、毎回手短《てみじか》に終えるよう心がけた。

一方の転職活動は難航を極めた。転職サイトの条件入力欄を前に、手が止まる。転職先を定める決め手が思いつかないのだ。

老舗企業とスタートアップ、どちらも経験したことで、それぞれの一長一短が見えてしまいこの軸では決断しがたい。業界はこれまでずっと化粧品のメーカーだったけれど、この先も化粧品を扱いたいかと言われると答えに詰まる。ではマーケティングやPRの業種で今後もキャリアを重ねていきたいかというと、業種で絞るほどの自信がクビを言い渡された今の自分にはなかった。社会に出て七年目。外的要因に流されながらもある程度作り上げてきたキャリアに、人並みにプライドを抱いてしまっているからこそ余計にやっかいなのだ。

こんなことなら手に職を付けておくんだった。大学時代必死に勉強していた同級生は、先日ついに弁護士事務所に入所したとSNSにポストしていたし、よく行くネイルサロンの同じ年のオーナーは、二十歳《はたち》からずっと店を持つことを目標に寝る間も惜しんで頑張ってきたと話していた。やりたいことが早めに決まっている人は強い。もしかしたら、やりたいことが分からないから資格や専門的な職を体得しようと努力したのかもしれない。どちらにしても、強い。

自分の戦闘力の低さに落ち込むが、今は選《え》り好みしている場合ではない。業態は問わず、広くマーケティング領域で、東京勤務とリモートワーク推奨のボックスにチェックを入れて検索をかけ、表示された上位二十社に「興味あり」の印をつけて送信ボタンを押した。

続いて、スミレはハローワークのウェブサイトにアクセスした。会社都合の退職の場合、自己都合よりも早く失業保険が出ると人事からのメールに記載があったからだ。家から近いハローワークを調べてみると、生活圏内だけで十弱の施設が見つかった。いずれも「こんなところにあったっけ？」と驚くほど、日々利用している通り沿いばかりだ。またしてもこれまでの人生で遠く離れた場所にあった言葉が、剛速で自分の体の内を駆け巡る。ハローワーク。

まずは一番充実していそうな施設に狙いを定めて検索すると、なんと今の会社から五分と離れていない場所にあった。誰かにばったり遭遇した時の気まずさを思うと滅入《めい》ったが、気乗りのしない用事ほど早く片付けるに限る。

翌日、初めてのハローワーク。少しの隙間も無駄にしまいと貼り巡らされたポスター類の騒がしい歓迎を受けながら、中へと進む。公共施設はどうしてこうも情報の量で勝負をするのだろう。軽いめまいと共に暗い階段を上り、三階の総合窓口を目指した。

（「ハローワーク」っていうくらいなら、もう少し楽しい施設だったらいいのにな）

無職に慣れてはいけないという第六感が、スミレの中で猛烈に荒ぶった。

受付で必要事項を記入したカウンセリングシートを提出すると、引き換えに受付番号の紙を渡された。順番待ちの間、カウンターに置かれた冊子の求人をぱらぱらと眺める。

・要資格　高齢男性の訪問介護　日当２０，０００円
・女性限定　建設会社の事務　週４残業なし　学歴不問　月３００，０００円〜
・２ヶ月限定　シンポジウムの案内係　弁当支給　日当１５，０００円

案外、というか相当、条件の良い仕事があることにスミレは驚いた。資格保持者のみの募集、年齢やエリアの制限はあるものの、転職サイトの検索では出会えないような仕事の数々は、キャリアの軸を見失っているスミレには目新しく映った。あたりを見渡すとスミレと同世代の人たちも一定数いる。

（給与は三ヶ月先まで保証すると言っていたし、失業保険をもらいながら、転職エージェントと並行してハローワークでも職探しをして、三ヶ月くらいのんびりするのもいいかもしれない。

とすると、向こう半年はもしかして働かずとも給与がもらえる楽しい毎日が待ってるんじゃ？不労所得で旅行とか行けちゃうんじゃ？）

　入り口で感じたうんざりした気持ちからは考えられない活力がスミレにみなぎり始めた頃、自分の番号が呼ばれた。

「八十六番、加藤さん、加藤さんいらっしゃいますか」

「はいっ」

　急いで冊子をたたみ窓口に腰をかけると、五十歳前後の女性が事前に提出したスミレのカウンセリングシートを見ながら話し始めた。現在の仕事、職を失った経緯、今後の転職活動。カウンセリングシートの上からペンで順を追い、スミレの記載を復唱する。そのしゃべり口はあまりに明朗かつスムーズで、きっと彼女は一日に何十人も同じ面談をしているのだろうなと思う。相変わらず薄暗い館内で彼女の明るさがありがたく、スミレは頭の中で彼女に「ハキハキさん」とあだ名をつけた。

「あ！」

　面談の終盤、最後の項目でハキハキさんのペンが突然止まる。

「加藤さん、もしかしてご自身で会社やられてます？」

質問項目の内容は「株式会社の代表取締役あるいは取締役に就いていますか？」というものだった。

「え、いえ……あ、はい」

とっさに意味のない嘘《うそ》が出そうになった。

「ご自身の会社の代表取締役を務めていらっしゃいますか？」

「はい」

「そうなると、失業保険は出ないんです」

「……え？」

どういうこと？　焦るあまりに言葉が出てこない。

「株式会社の代表取締役、そして役員には失業保険が出ないんです」

「でも創業して間もないし、赤字だし、会社なんて呼べないレベルの会社なんですけど」

「創業時期や実態にかかわらず、会社の代表は就職と同様に扱われるんです。そういうことで、加藤さんのご希望にはこちらではお応えできかねます」

「えっと、例えば今急いで会社を廃業したり休眠させたらどうなります？」

「私の方では何ともお答えできません」

「どうにかする方法はないんですか？」

「さあ。法律を変えるしかないですね」

さすがハキハキさん、みるみる声が萎《しぼ》むスミレ相手にも淀《よど》みなく面談を続けた。

「代表取締役である前に、私は失業者です。雇用保険も会社から毎月天引きされていたはずですが……」

「それはお気の毒に。ですが、私の方でご対応できることはないんです、申し訳ないです」

「そんな……」

一縷《いちる》の望みに賭けて抗戦したが、到底取り合ってはもらえない。

「次、八十九番の方ー！」

落ち込むスミレには目も呉れず、ハキハキさんは既に次の人のカウンセリングシートに目を通し始めている。スミレは歯痒《はがゆ》さを抱えたまま窓口を後にした。

ハローワークを出る時には、きっともっと達成感に溢《あふ》れた気分になるだろうと予想していたが、この感情は想定外だった。入る時だって決して気分のいいものではなかったが、まさかそれ以上の落胆を抱えて出ることになるとは。会社はクビ、転職は決まらず、失業保険も出ない。ましてや法律なんて変えられる訳がない。いよいよ、事態は深刻さを帯びてきた。

（私、なんで会社なんて作っちゃったんだろう……）

失業保険が出ないと分かった途端に、スミレが勢い任せに立ち上げた株式会社がたちまち存在感を示し出した。

ハローワークから一歩ずつ遠ざかりながら、一年前のことを思い返していた。

誰だって起業家を名乗れる時代だ。

二〇二一年に日本で新たに設立された法人数は14万4622社（東京商工リサーチ二〇二一年「全国新設法人動向」調査による）。同年に4万4377件の会社が休廃業・解散・倒産などを選択した事実に鑑《かんが》みても、単純計算で一年間に約十万もの会社が増えているということになる。対して、目にする度に胸が痛くなる国内の年間出生数は約八十一万人。すでに百万人を割っている。仮に小学校の一クラスに四十人いたとすると、そのうち六人が起業家になる未来だってそう遠くはないかもしれない。今の時代、学級委員に選出される方がずっと難しいことのように感じられる。

創業の手続きが簡略化し、資本金も一円から設立できるようになってから、起業はもはや自己実現の一つになりつつある。「起業家」という肩書きに資格や学歴は必要ないし、手に入れた瞬間、まるで「何者」かにでもなったように希望に満ちた印象を与えてくれる。起業家とは、実はおトクな職業と言えるのかもしれない。

スミレが起業について考え始めたのは、昨年のことだった。

同僚の一人が起業を理由に会社を去ることになり、小さな送別会が開かれた。二十四歳の彼女は、学生インターンからそのまま採用され、商品開発のチームで創業初期から働いていた。若手とはいえ会社の中ではかなりの古株で、穏やかな人柄と的確な仕事ぶりからまさか自分より年下だなんて考えもしていなかった。そんな彼女と、送別会で席が隣り合わせになったのがすべての始まり。起業ってすごく簡単なんですよと朗らかに笑う彼女の話を聞いていたら、スミレの中にも燃える何かが芽生えてきた。

（私も起業できるんじゃない？）

二十代後半から三十代半ばに、自分の人生に対する漠然とした戸惑いや焦燥感を感じる現象、クォーター・ライフ・クライシス。適齢期で正しくこの危機に突入したスミレもまた、将来に対して不安を抱くようになっていた。新しい趣味を始めるのもいい、いい時計やブランドバッグを買ったり、誰も行ったことのない旅へ出かけるのだっていい。スタートアップへの転職以来大きな挑戦ができていない自分を省みて、スミレは次なる「経験値」を得られるチャンスを探していたところだった。起業というワードを聞いた瞬間、これこそが求めていたものなのかもしれないと強烈な興味を抱き始めたのだ。

早速調べ始めると、起業は想像以上に簡単でポピュラーな選択肢であることが分かった。SNSの検索欄に「起業家」と入力すると、女性や若者の多さに驚いたし、偶然立ち寄った書店では、同世代の女性がビジネス書の棚で起業関連の本を物色しているのを目撃して、何故《なぜ》だか勝手に心強くなったりもした。

善は急げと、スミレは持ち前の行動力を活《い》かしてすぐに動き出した。インターネットが懇切丁寧に教えてくれるおかげで必要書類は難なく揃《そろ》い、初めて訪れる税務署や公証役場での手続きもまた、人生ゲームのコマを動かすくらいに簡単だった。

起業を経験することが目標だったスミレにとって、事業内容には正直こだわりがなかった。強いて言えば自分の好きなものを扱いたいとあれこれ考えてみた結果、昔からの趣味である読書から派生して選書サービスはどうだろうかと思いついた。高校・大学と通学時間の長い学校に通っていたからか、本はスミレにとって一番の話し相手だ。選書サービスなら在庫もなく、初期投資を抑えてすぐに始められるし、起業と合わせて自分の本屋を持てるなんて一粒で二度美味《おい》しい。

こうしてとんとん拍子に会社は創業、誰でもノーコードで作れるECサイトの作成サービスを利用すると、選書サービスもオンラインですぐに構えることができた。スミレのSNSアカウントで年始に情報発信を始めたところ、友人を中心に依頼は月に数件程度。これでお金儲《もう》けをしようとも思っていなかったから、別に構わなかった。負担といえば毎年七万円の法人税程度で、それさえ払えば株式会社の代表取締役を名乗れて、おまけに少額ながら、好きな本で対価も得られる。起業はスミレにとっては割りのいいサブスクと大差なく、なんでもっと早く始めなかったのだろうと後悔するほどだった。

と、話はここで終わる予定だった。会社の業務になかなかやる気を見出《みいだ》せなかったのは、起業準備に気を取られすぎていたせいもあるかもしれない。会社をクビになるなんてシナリオは全く予想していなかったし、そのせいで失業保険がもらえないなんてこともまるで想定外。これではさすがに、「経験値」の域を超えている――。

「ピンポーン、チャージしてください」

改札で残高不足を告げられスミレは我に返った。急ぎの用事もなく、天気も良い。家まで二駅を歩きながら姉に電話をしようと思い直し、地上階へ引き返した。心配をかけるとそれはそれで面倒なので、家族には転職先が決まってから報告しようと考えていたのだが、不測の事態に直面し、もう一切合切《いっさいがっさい》すべて打ち明けてしまった方が楽に思えた。

「え⁉　クビ⁉　生きていけるの？」

二つ上の姉は現在三十一歳。新卒で入社した都内の大企業に今も勤め続けている。

「うん、一応給与は三ヶ月先までもらえるから、貯金と合わせて半年は心配なさそう」

「ならよかった。そんなに落ち込んじゃダメよ、ご飯食べたくなったらいつでもおいで」

ことの顛末《てんまつ》を話すと、第一声こそ驚いていたがすぐに励ましてくれた。家も歳《とし》も近い姉は、スミレにとって一番の良き理解者だ。

「あ！　転職先が見つからないならさあ、あんたが始めた選書の本屋さん、本気でやってみれば？」

電話を切る直前、思いも寄らない角度からの一言が飛んできた。自分すら先ほどまですっかり忘れていた選書サービスの存在を覚えているあたりが、また姉らしいなと感じる。

「え？　無理無理無理無理」

「そう？　向いてると思ったけど」

「あんなお遊び気分の会社じゃ生きていけないよ。とりあえず転職活動頑張るね。あ、ママとパパには自分から話すから、まだ言わないで」

「いや、あんたから言ったらびっくりすると思うから、私からママにはそれとなく伝えておくわ。その方がのちのち言いやすいでしょ」

「……ごめん、ありがと」

姉にはこういうところがある。ぬかりのない根回しや、面倒な役を先回りして引き受ける判断力。クビにならない人っていうのはこういう人なんだろう。家族にすら嫉妬を覚える今の自分が情けなかった。


四件。

先日「興味あり」を送った転職エージェントのウェブサイトに返信が届いていた。ほかにも、プロフィールを更新したことで転職に前向きだと判断されたようで、企業やエージェントから複数のスカウト連絡が届いていた。その中の一件に見逃せない会社名を見かけて、スミレは思わずスクロールの手を止める。

『事業好調につき拡大へ、新規動画メディア立ち上げのためのウェブディレクター募集！』

動画メディアもウェブディレクターも、スミレの条件にはまったく当てはまらない。動画メディアというくらいだから、撮影が続きリモートワークの時間はほとんどないだろう。それでもスミレは湧き出る好奇心を止めることができない。

「いた」

会社紹介のちょうど中盤あたり、メンバーの集合写真の右上で、爽やかな笑みを浮かべる白いTシャツの男性。不意打ちで訪れた再会の相手は、スミレが思いを寄せる工藤彰《くどうあきら》だ。食い入るように凝視する自分が気持ち悪くて、急いで見えなくなるようページを下へと追いやる。

以前、会社で新商品の特設サイトを作る際に、外部デザイナーとしてアサインされたのが彰だった。オンラインの打ち合わせで初めて顔合わせをした時、端整な顔立ちと大きく歯を見せて笑う笑顔にどきっとした。世に言うモテるタイプ、そしてスミレのタイプでもあった。

プロジェクト完了を祝して設けられた打ち上げの一席で、彰とは初めて直接顔を合わせた。小柄だと思っていた彰が意外にも長身で体格がよく、スミレの恋心は一気に加速した。酒の勢いに任せて連絡先を交換し、数回食事を重ねて昼間のデートにも出かけたのに、いざ彼女になりたいと告白すると仕事に集中したいと断られた。

いいことなんて一つもない今、彰の会社からスカウトを受け取るなんて何かの運命だろうか。もしもまた彰とデートができたなら、今度こそスミレの真剣さも伝わり上手《うま》くいくかもしれない。親指のスクロールを、上から下へとゆっくりと戻す。再び現れた笑顔の彰は、あの頃と変わらずやっぱりかっこよかった。

（だめだ私、またやってる）

彰に連絡をしようと高速で過去のトーク画面を遡り始めたところで、ふと手を止めた。人生が停滞した時に限って、恋愛に逃げる自分のダメな習性。そしてそういう時ほど悪い男にひっかかると相場は決まっている。

彰とのデートだって、忙しい起業準備の反動で出会って間もない中のめり込んでいってしまった。スミレにとっては切ない恋だったけれど、彰からすると単なる遊び相手の一人。頭では分かっていても、どうしたってまた自ら傷つく道を選んでしまいそうになる。

「恋、したいなぁ」

いっそ彰じゃなくてもいい。自分の現実から目を背け、誰かが操縦する人生の助手席でのんびり過ごしてみたい。三十歳を目前にクビなんて、自分はきっと仕事に向いていないのだ。転職活動と同時に婚活も始めてみようかと、試しに結婚相談所を検索してみる。この先仕事で上手くいく未来が全く信じられない今、養われたい、扶養家族に入りたい――と、ここまで考えて結婚相談所の検索結果をそっと消した。こんな理由で婚活を始めたら、誰からも選ばれない未来は目に見えている。

その夜、スミレは悩んだ末に結局彰に連絡を入れてしまった。再会したい下心を差し引いても、顔の広い彰に転職活動の相談をすればいい人脈を繋《つな》いでもらえるかもしれない。結局は会う道を選ぶ自分の意志の弱さにほとほと呆《あき》れもしたが、ツキに見放された今、このくらいは許してよねと謎の自己弁護でやり過ごした。

彰との約束の日。最終出社を待たずして業務の引き継ぎは完了していたため、昼前に起きてのろのろとシャワーを浴び、ゆっくりとメイクに時間をかけた。クローゼットの前に立つと、最後に会った日のことを思い出す。あの日、オフショルダーのニットワンピは露骨に男ウケを狙いすぎていたかもしれない。ああでもないこうでもないと、ベッドに大量の服の山をこさえること数十分、パープルのペンシルスカートにオーバーサイズの白シャツをしまい、靴はあえてスニーカーを選んだ。

　久しぶりに送る彰へのメッセージは、下心を察知されまいと細心の注意を払った。現在転職活動中で、偶然彰の写真を見かけた。彰の会社も気になったので話を聞いてみたい。当たり障りのない短文を心がけた甲斐あって、彰からの返事はすぐに届いた。

　人生百年時代、終身雇用に代わり学び直しやダブルキャリアが台頭し、転職業界の売上は年々増加傾向だ。会社としてもいい人材の獲得は最重要課題の一つであるため、社員たちの知り合いを伝って採用を行う「リファラル採用」が広がりつつある。採用が決まると紹介した社員にも祝金が支払われるリファラル採用は、会社にとっても社員にとっても好都合。思いを寄せる人に会うために、今の時代転職の相談はこの上ない口実と言えた。

　相手に警戒されないようにと店を考え抜いた末、再会は焼肉屋を指定した。仮に話が盛り上がらなくても、集中して肉を焼けば場が持つはずだ。

「いらっしゃいませー」

　長身の男性が、店員に案内されてこちらに近づいて来た。十五分前から到着しているスミレは、既に熟読し切ったメニューを慌てて手に取りメニューに夢中なフリをする。

「久しぶり、ごめんね遅れちゃって」

「彰さん！　お、お久しぶりです！」

「あれ？　そんなにかしこまった感じだったっけ？」

だめだ。半年ぶりに会う彰からは、あの時と同じ香水の匂いがした。

動揺するスミレをよそに、リュックを下ろし彰が目の前に座ると二人の視線の高さが揃う。

無精髭《ぶしょうひげ》に着古したTシャツ、そして極め付けの笑顔。タイプの男は、やっぱりタイプだった。

（ずるいなあ、笑顔も、匂いも）

とりあえず、ファッションには気合を入れすぎなくて正解だったみたいだ。ラフな二人、側《はた》から見たらカップルと思われてもおかしくない。

乾杯を済ませると、スミレはまず彰の近況を尋ねた。七輪の煙を吸い込む換気扇で二人の視界はいい感じに遮《さえぎ》られ、ぎこちなさも徐々に和らぐ。楽しそうに仕事の話をする彰を見ていると、なかなか自分の話を切り出せずにいたのだが、店員が皿を下げるタイミングを見計らい、スミレは思い切って本題を切り出した。

「実は私、いま転職活動中なんです」

「そうだ、それで連絡をくれたんだよね。僕の話ばっかりして申し訳ない。で、どうしてました？」

「会社をクビになってしまったんです」

「え？　そうなの⁉」

「はい。うちの会社、業績が悪いみたいで、突然」

「そうだったんだ」

かける言葉が見当たらないせいか、彰はハイボールを一口飲んだ。家族以外の人に初めて自分の状況を伝えてみたが、予想以上に重たい空気になってしまった。

「でもそんな時に、偶然転職サイトで彰さんのお顔を見つけて。懐かしくって、久しぶりに連絡をしてみたくなったんです！」

雰囲気を変えるため、スミレはあくまでも彰に会えて嬉しいという話に繋げる努力をした。

「いや、僕も嬉しいよ。スミレさんとはあれきり疎遠になってしまって、気になっていて。僕はスミレさんと仕事したことあるから分かるけど、明るくて頑張り屋さんで、どんな会社も望めばきっと欲しがる人材だと思うよ」

「ありがとうございます」

「でも、うちの会社に興味があるって感じじゃなさそうだな」

「いえ、そんなこともないんですけど。彰さんの会社って、ＰＲとかマーケティングとか、そういう業種の募集はないですよね……？」

「今は聞かないなあ」

「やっぱり、動画編集の経験者ですよね」

「そうだね。でもまあ、うちじゃなくてもゆっくり考えればいいと思うよ」

「ありがとうございます」

「僕もどこか知り合いの会社でいいところがあったら、共有するね。とりあえず今日はいっぱい肉食べて、元気つけよう！」

彰は店員を呼ぶと、追加の肉と酒を注文した。彰の優しさは素直に嬉しかったけれど、この優しさに好意が含まれていないことくらい、スミレはもうわきまえている。

午後十時をすぎた頃、店の外に出ると、街はアドトラックから繰り返される大音量の音楽と主張の強いネオンサインで溢れていた。男女が二軒目に誘い合うような雰囲気からは程遠く、店選びに集中したあまり街選びを怠った自分の落ち度を悔いた。

背の高い彰と並び、駅を目指す。こうして歩いていると、望みがないと分かっているのに出会った時のときめきが蘇《よみがえ》ってきてしまいそうだ。

「スミレちゃんさ、この際だから、思い切ってキャリアチェンジするのはどう？　例えば本当に好きなことを仕事にするとか」

　スミレちゃん――。歩きながら話す彼は、早口だったが確かにそう言った。にやけ顔を前髪を触る仕草で隠し、スミレも続けた。

「好きなこと、私あんまり思いつかないんです」

「本当？　スミレちゃんのSNS見てると、起業して選書の本屋さんやっているって見かけたから、てっきり本が好きなのかなって」

「言われてみればそうなんですけど。副業くらいで十分です、本は。本好きなんて上には上がいるし」

「そうかな？　好きなんて、言ったもん勝ちじゃない？」

「えー、そんな簡単なものですか？」

「だって僕も今映像の仕事してるけど、スミレちゃんも知っての通り前はウェブデザイナーだからね。自分が普段心を摑《つか》まれるものは映像の方が多いっていう、そんな単純な理由で転職も決めちゃった」

「十年以上積み上げてきたキャリアを変えて、後悔はないですか？」

　駅までの道はあと少し。どうしよう、当たり障りのない会話しか続けられない。

「特にないかなぁ。キャリアを変えてなかったらもっと後悔していたと思う。どっちかしか選べないなら、どちらも見られた今の方が満足かな」

素敵な考え方だなぁと思い彰の顔を盗み見ると、見上げた先で目が合ってしまい、急いで前に向き直った。

「好きだって自信を持って言えるもの、私は彰さん以外にまだ出会えていないんです」

「え？」

おかしなことを口走ったことは、スミレ自身が一番よく分かっていた。と同時に、なるほど、やっぱり恋愛に逃げるんだと、俯瞰《ふかん》する自分が後追いする。

「だから、そういう意味です。私が彰さんから思い切りフラれたの、覚えてないんですか？」

笑いに変えて伝えてみたが、今日改めて食事を共にしてみて、彰の好意がこちらに向いていないことは明らかだった。

「人聞き悪いなぁ。でも、ありがとう。そんな風に言ってもらえて嬉しいよ」

嬉しい。半年経ってもなお、スミレは彰から同じ言葉しか引き出せないままだった。

「この後、どうする？」

「え？」

彰の声色が、突然ワントーン柔らかくなるのを感じた。

「もう少し飲む？　スミレちゃんちとかで」

この甘い雰囲気、覚えがある。意中の男性に好意がバレた瞬間から、本命への道がみるみる遠のいていくのは何故だろう。

彰を家に招くのは嫌じゃない。むしろ、これまでの自分であれば喜んで誘いに乗っていたし、今日だってこういう空気を少しは望んでいたはず。ただ、この先どうなる？　割り切った関係を楽しめるほどの度胸も恋愛経験も持ち合わせていないし、一瞬の幸せの先で待つ後悔の日々を、果たして無職の自分が耐えられるのか。一夜の関係を持った後の不安定な精神状態では、今後の転職活動だって上手くいくわけがない。

自分を変えなきゃ、人生は変えられない。

「明日も朝から転職活動の面談があって。なので、また今度にしましょう！」

彰が機嫌を損ねたらどうしようと不安も過《よぎ》ったが、適当な嘘でごまかすと、彰は残念だなあと笑っていた。きっと彼にとっては、こんなの日常のありふれた駆け引きに過ぎない。

電車の路線が違ったので、改札の手前でスミレが彰を見送るかたちとなった。

「スミレちゃん。恋愛に向ける情熱くらい、好きな仕事が見つかったら教えてね。じゃあね」

天然の労《ねぎら》いか、それともやんわりと断られたことに対する嫌味か。彰は別れ際に一言残し、改札に吸い込まれていった。

振り向くことのない彰の背中を目で追いながら、絶え間なく行き交う人波に思いを馳《は》せる。周りの人々には当たり前のように仕事があって、きっと恋人もいる。なんで自分だけこんなに上手く生きられないのだろう。まだ続く長い夜、無心で動画ストリーミングサービスのアプリを立ち上げてみたけれど、観《み》たい映画は見つからず自分の好奇心すらこちらを向いてはくれなかった。

彰と会った夜を境に、スミレにも転職活動のスイッチがようやく入った。会社からも好きな人からも求められない今の自分を慰めるために、まずはどこでもいいから「内定」がほしい。依然として軸すらない転職活動だったが、少しでも気になればすぐに面談を申し込むようにした。おかげでスケジュールが徐々に埋まり始め、明日に迫った最終出社日の哀愁に浸らずにすんだ。

最終出社の前に、スミレはどうしても本屋に行きたかった。転職活動で忙しいとはいえ、翌日から本格的に所属をなくし持て余すであろう時間を、本を読んで過ごそうと決めていた。まとまった時間が取れたとき、読書が趣味でよかったとつくづく思う。一人で完結できて、なおかつそれほどお金もかからない。無職にはぴったりだ。

買うぞと決めて書店へ出かける日は、いつもよりもテンションが高い。空っぽのトートバッグを片手に、大好きな文芸コーナーを目指して一目散。時間をたっぷり確保して、同じコーナーを何往復もしていると、その間に無数の本のタイトルたちが「私を取って！」と話しかけてくる。書店に来る度に味わえるこの人気者気分は、不運続きのスミレの心をほんの束の間満たしてくれた。

間もなく無職になる自分には、どんな本が相応《ふさわ》しいのだろう。本たちの声をいなしながら、注意深く見定めていく。江國香織《えくにかおり》、吉本《よしもと》ばなな、山田詠美《やまだえいみ》――普段のスミレであれば、女性作家の恋愛小説を手に取ることが多いのだが、先日の彰との一件もあり今は恋愛以外の展開に自分の想像力を使いたい。

（思い切ってファンタジーとか？）

どうせ時間だけはあるのだから、新たなジャンルに挑戦するにはいい機会だ。話題の中国のSF小説に手を伸ばしてみようか。それなら、ページ数の多さが度々話題に上がる京極夏彦《きょうごくなつひこ》の怪談ミステリーにも挑戦してみたい。ずらりと並ぶシリーズがいつも目を引く、沢木耕太郎《さわきこうたろう》の

「深夜特急」や宮本輝《みやもとてる》の「流転の海」シリーズも、読み始めるなら今かもしれない。こうして本棚の前を彷徨《さまよ》うこと三十分、吟味の末に十三冊を購入した。一万円を超える出費は明日から無職のスミレには痛手であるが、心の安定のための必要経費だ。これだけの本が目の前に積まれていたら、当面仕事が見当たらなくても暇と不安に押しつぶされることはないだろう。

帰り際に立ち寄ったトイレで、書店員のアルバイト募集のポスターを見かけた。思い切って好きなものに囲まれて働いてみるのも悪くないかもしれないけれど、自宅の本棚の整理すらままならない自分が、店の本棚を整理整頓する姿は想像しがたかった。

最終出社日、スミレは実に二ヶ月ぶりにオフィスを訪れた。荷物をまとめるために入ったオフィスには見事に誰もいなくて、そこにはすでに、知らない場所の匂いが漂っていた。

全社員のうち二十名が同時期の退職対象になったと、先日同じく退職する同僚から教えてもらった。最終出社の人と出くわすことを避け、出社する人も普段に増して減っているのかもしれない。前職の老舗企業を退職する時は、部を挙げての花束や贈り物、写真撮影に大忙しだったが、自主退社とクビはやっぱり違うんだなとどうでもいい学びを得た。

最後の挨拶として、会社の全メンバーが見るチャットツールに長めの文章をポストすると、みるみるうちにたくさんの絵文字のスタンプが並んだ。静かなオフィスとオンラインの盛り上がりのコントラストがもはや不気味だったが、みんなもなんと言えば良いか戸惑っているのだろう。人事部からの指示通り、デスクを拭いて、ホワイトボードを消して、会社から貸与されていたラップトップとスマホを返却するとたった十五分足らずで最終出社は終了。うるっときたり、感極まったりすることも一切ない。あまりに静かな最終出社だった。

本当は、心のどこかで送別会のような展開を期待していた自分もいた。開催されたところでどんな顔をして参加したら良いかも分からないが、三年間の締め括《くく》りとして、同僚たちから盛大に送り出されたい気持ちもあるものだ。

こんな時のためにと、今朝から少しいい白ワインを冷蔵庫で冷やしておいてよかった。スミレは積読と白ワインを瞼《まぶた》の裏に思い浮かべながら、惨めな気持ちになる前に足早に退散した。

無職とは、朝起きても一日誰からも求められないことなんだと知った。

今の悲惨な状況を友人に話すのも憚《はばか》られるので人と会う気にもなれず、転職活動の隙間時間は読書で埋めた。この積読の山がなくなる前に、どうにか内定をもらいたい。

転職活動は返事が届いた順に、カジュアル面談というオンラインの0次選考に進んでいった。オンラインでサクサクと会える分、多くの会社と話ができるのはありがたい。だが、実際に正式な面接に進みたいと思えるほどの会社にはまだ出会えていなかった。

「加藤さん、どうしてうちを志望してくださったんですか？」

カジュアル面談の最後に必ずと言っていいほど聞かれるこの質問に、スミレは毎回苦しんだ。カジュアルと言ったのはそちらでしょうと言い返したくなる気持ちをぐっと堪《こら》え、適当な返事で誤魔化す。

クビ宣告を受けてからもうじき一ヶ月半。転職活動は迷子のままだが、細々《ほそぼそ》と再開した自身の選書サービスは今までで一番盛り上がっていた。これまでは本業が忙しいとすぐに受付をストップしてしまっていたが、現在は四件の依頼が溜《た》まっている。無職だが、依頼人を思い浮かべながら選書をあれこれ悩んでいる間だけは、スミレも自分の存在意義を感じられた。お金の心配さえなければ、我ながらこの書店業が天職だろうと感じている。

転職活動に身が入らないのは、もしかするとこのせいもあるかもしれない。規模は小さいながら、好きなことでささやかな経済活動を回している喜びは何にも代えがたい。それに、先日の彰の言葉も耳に残っていた。

本の仕事をしてみたらどうか——。

一番の理解者である二つ上の姉も、本屋はどうかと言っていた。自分は本の話をする時、そんなに楽しそうなのだろうか。

もしも、本気で自分の会社に一本化するとして、今のままの事業形態では到底無理だろう。スミレ一人が生きていくために最低でも月二十五万円は必要だとして、一人千円から三千円の単価をベースに利益を計算すると、毎月二百件以上のオーダーを受けなくてはならない。今のサービス形態で一日十件近くの依頼が来るイメージは、とてもじゃないけど湧かなかった。

近くにあったメモ用紙とペンを手にし、試しに新しいビジネスモデルについて模索を始めてみる。選書の自動化、利益を捻出するためには、取次と呼ばれる卸しと契約を結んで本は直接仕入れるようにしたい。それ以外にもウェブサイトでのオーダー受注の構築や発送の外注先、ほかにもまだ見えていない小さな課題がたくさんあるだろう。しかし。なにやら無謀でもない気がする。

最近読んだビジネス系のウェブメディアで、AIサービスは、ビッグデータと呼ばれる膨大なデータを学習して傾向を把握することで作られると読んだことがある。必要な学習量はサービスによって異なり、たしか画像解析だと四〜五十万のデータだった。選書の場合はどのくらいのデータが必要なのだろう。これまでスミレが受けてきたオーダーは八十件程度。これでは足下にも及ばないが、一方でこの五千倍のデータを何らかの形で持ってくることができれば、AIで傾向値を出して自動で選書ができるということなのか。あとは開発を依頼できるエンジニアと費用さえクリアできれば、もしかして……。

ここまで考えて、スミレは自分が興奮していることに気がついた。お遊びとはいえ、「仕事」でこんなにわくわくするのは久しぶり、いや、初めてかもしれない。そのまま捨てるのも味気ない気がして、走り書きで構想を描いたメモ用紙は部屋の壁にセロハンテープで留めておいた。

無職になってから、朝はだいたい午前十一時前頃にのっそりと始まる。

もともと夜型なせいもあるが、日中出歩かない分の有り余った体力と、半分悪ふざけのつもりで始めた選書サービスの拡大計画構想のせいで、きっちり昼夜逆転した生活に体が慣れてしまっていた。

だが今日は違う。十日ぶりに人と会う約束が入っている。スミレはそれが嬉しくて、朝九時にベッドから這《は》い出した。軸がぶれるというより、軸すらない転職活動の中、こんな自分に実際に会ってみたいと連絡をくれた奇特な会社が一社あるのだ。

通常は、カジュアル面談の後、興味がある場合のみこちらから連絡するのが作法なので、先方から連絡をもらった時には驚いた。社員数はまだ十名程度の最近できた会社で、自然派コスメのインポートをメインに独自の商品開発も手がける化粧品の事業会社だった。最初に立ち上げた会社を売却した女性社長が、また新たに会社を立ち上げたらしい。

転職活動の軸が定まらないことを素直に返信すると、会社に所属して働きながら考えればいいのではというありがたい言葉をもらえた。この柔軟な対応に、社風もなんとなく自分に合っているような予感がする。

ベージュの無地のワンピースに夏物のテーラージャケットを羽織り、ストッキングを穿《は》く。チークは控えめに、筆でアウトラインを取ってから念入りに口紅を引いた。こういった服装からはしばらく離れていたが、久しぶりに社会から認められた感覚があって嬉しい。今日の面接は、心から前向きに臨めそうだ。

面談に向かう途中、依頼人のために選書した本を発送しに郵便局に立ち寄った。スミレの運営する選書サービスには、選書リストをメールで送る千円プランと、選書した本を実際に郵送する三千円プランの二つを用意している。ほとんどが格安で済む前者のプランを選ぶため、今回のように本の郵送を求める依頼人は稀《まれ》だった。

郵便局のカウンターで送り状を手に取りスマホでオーダーシートを確認すると、お届け先住所には鹿児島県奄美《あまみ》市とある。奄美市……。思わずスマホでマップを開いた。現在地のピンが東京からビューンと南の島へ。まだスミレが行ったこともない遠く離れた離島へ、この本たちが届いてゆくのか。嬉しくて送り状に書く文字にもいつも以上に熱がこもった。

（それにしても、こんなに小さなサービスをどうやって見つけてくれたんだろう。本の郵送まで希望する理由って、もしかすると近隣に書店がないから？　地方では書店がどんどん減って

いると聞くし、選書サービスは離島エリアに住む人たちに需要があるかも）

奄美に書店はいくつあるのだろうと調べ、その他の島まで調べ始めたところで地下鉄は目的の駅へ着いた。地上に出ると、湿気混じりの東京の暑さが肌にまとわり付いて、青い海から一瞬で大都会へと気持ちを引き戻されてしまった。選書サービスのことを考え始めると、つい他のことを忘れてしまう。今はせっかくもらえた面談の機会に集中しなくては。

オフィスは古いマンションの一室だった。エントランスで部屋番号を呼び出して四階まで上がり、玄関を開けると中は当然靴を脱ぐタイプの部屋で、ストッキングを穿いてきてよかったと安堵する。大学生のインターンとおぼしき若い男性に個室を案内されると、ほどなくして先日のカジュアル面談で顔合わせをした担当者と社長が二人で現れた。ホームページを見ていたので社長が女性ということは知っていた。それでも、いざ対面するとやはり同性同士の安心感があった。この安堵を感じる度、ビジネスはまだまだ男のものだと思い知らされる。経営者は男性、そんな当たり前の中で彼女は戦っているのだ。親近感とともに尊敬の念が湧いてくる。

「わざわざお呼び立てしちゃって、すみませんね。座ってください」

担当者に促され席に着くと、隣にいた社長が話をはじめた。

「代表取締役の岡野久留美《おかのくるみ》です。弊社の小山《こやま》から素敵な人がいると聞いて、私も時間をこじ開け同席させていただく事にしたんです。色々とお話を伺えるのが楽しみです」

スミレは久留美社長の肌の美しさに目を惹《ひ》かれた。ホームページ上には三十六歳と記載があったが、この年齢でこの肌質はコスメ会社の説得力として十分すぎるほどだ。こんなに美しく多忙な社長を前に、わざわざ聞いてもらうような志望動機と熱意を用意できていないことが申し訳なく感じられた。

「カジュアル面談の後に会社側からアプローチしてくださることは珍しくて、とても光栄でした」

スミレは出されたお茶のペットボトルを開け、一口飲みながら相手の次の出方を待った。

「今日はこちらからお声がけしているので、加藤さんのことをまず知るお時間にできたらいいなと思っています。ええっと……」

ラップトップでスミレの職務経歴書を見つけたらしい社長は、続けて話し始めた。

「転職の動機は会社都合の退職。前職で何かあったんですか？」

ストレートにぶつけられた疑問に他意はまったく見えず、スミレも正直に話す。

「いえ、会社の業績不振に伴って大幅な雇用切りがあって。私もその対象になったという感じです」

「そうだったんですね。スタートアップの中では大手の部類に入る会社ですし、色々ご事情はあられたのでしょうね」

「やっぱり、クビって印象悪いですよね？」

「そんなことないですよ、最近はクビなんてよくある話です」

スミレのコンプレックスをものともしない、あっさりとした社長の返答。きっとスタートアップの酸いも甘いも噛《か》み分けてきたのだろうと、彼女がここまで歩んできた歴史を勝手に想《おも》った。

「それでは、今は転職活動でお忙しい時期ですよね。どういった業種で考えていますか？」

「お恥ずかしい話ですが、クビを言い渡された今、これまで築いたキャリアに自信が持てなくなってしまって。転職の軸を見失っています」

間違えた。オフィシャルな面接ではないとはいえ、こんな話をする場ではない。久留美社長のストレートな物言いに釣られて、スミレもつい正直な気持ちが口を突いて出てしまう。

「その気持ち、私も分かります」

「そんなわけ！　社長と私じゃ、レベルが違いすぎます」

「加藤さん、今二十九歳ですよね？　ちょうど仕事も落ち着いて、自分のキャリアに悩む年齢だと思いますよ。私もそうだったから」

久留美社長はラップトップをいじりながら、スミレの年齢を確認しているようだった。

「それじゃあ、転職活動以外に、今打ち込んだり頑張っていることってありますか？　趣味でも何でもいいです、加藤さんの事をもっと知りたいなと思って」

趣味、打ち込むもの。もう真っ先に浮かぶのは自分の選書サービスしかない。見たこともない奄美大島の海が再び脳内に広がった。

「今、趣味の延長でオンラインの選書サービスを運営してるんです。経験値だと言い張って、勢い任せに起業までしてしまって。強いて言うと、それが楽しいですね」

「選書？　じゃあ加藤さん、書店主だ！　私もよく本を読むんです」

「本当ですか？」

意外な共通点を見つけ、後半は一気に本の話で盛り上がった。

スミレの書店では小説をメインに扱っていること、今日は奄美の依頼人に本を送って嬉しかったこと。面接とは関係のないスミレの選書サービスの話にも、社長は深くうなずきながら耳を傾けてくれた。

「私は普段ビジネス書ばかりだけど、久しぶりに小説読みたくなってきちゃったなあ。加藤さんが最近面白かった小説、教えてもらえますか？」

「これまでは女性作家さんの恋愛小説が好きだったのですが、最近新たなジャンルに手を伸ばしたら、まんまとSFにハマってしまいまして」

先日書店で購入し、寝る間も惜しんで没頭したSF小説をスミレが紹介すると、社長はテーブルに置いたスマホを手に取り、本のタイトルをすかさず検索した。

「ありがとうございます、明日届くそうです。楽しみ！」

この行動力、さすが社長だなと感じた。なんだか波長も合うし、ここでなら今までの経歴も活かせる気がする。条件次第ではここで働くのもいいかもしれないと考え始めた矢先、社長は言った。

「加藤さん、自分の書店事業を本腰入れてやってみる気はないんですか？」

「え？」

意表を突いた質問にまぬけな声が出る。

「そんな勇気ないです」

「でも、本の話を始めた瞬間に生き生きしていましたよ。サービスって結局自分を救うものだから。私も私の商品の一番のファンなんです」

久留美社長は続けた。

「私の場合、幸いにも新卒で選んだ会社からずっと化粧品の会社で、そこからますますコスメが好きになっていって、気がついたら最初の会社を作っていました。何もないけどこの熱量だけを信じてみようって思って。

一社目は完全に役割分担制だったので、私はプロダクトしか見ていなかったんです。だから売却を機に、次は経営まで全部関わってみたくて始めたのがこの会社です。私なんかに全部できるのかなって不安でしたが、案ずるより産むがやすし。想像していた不安の方がずっと大きかったような気がします」

売却後にまた会社を立ち上げるガッツは、一体どこから湧いてくるのだろう。スミレはただ相槌《あいづち》を打つことしかできなかった。

「加藤さんがあんまり楽しそうにお話されるものだから、つい自分が会社を立ち上げた時のことを思い出してしまったんです。他人のおせっかいだと思って聞き流してくださいね」

帰り際、久留美社長は玄関先まで自ら出向き、深々と頭を下げて見送ってくれた。次のステップなど具体的な話は一切出なかった。自分はまた選ばれなかったんだなと悟る。

オフィスの扉が閉まり、スミレがマンションのエレベーターに向かって歩き出すと、再びガチャッと扉の開く音がした。

「おすすめしてくれた本、読んだら感想送ります！」

突然背中越しにかけられた声に振り返ると、そこには無邪気な笑顔で手を振る久留美社長が立っていた。実力と美貌、それに素直さも持ち合わせた彼女に対し、何も持っていない自分。引きつった笑顔で会釈をするのが今のスミレには精一杯だった。

「書店主、か」

収穫がなかったかのように思われた面談だったが、初めて呼ばれた「書店主」の響きだけは、その日以降スミレの脳内で何度も繰り返し再生された。


クビを言い渡されてから二ヶ月弱。ついに退職金が振り込まれた。

オンラインバンクで残高を確認した時、最初はなにかの見間違いかと思い二度三度リロードをかけたが、常に同じ金額が表示される。自分の想像よりも遥《はる》かに多かった。さらに、ここから再来月《さ》までは通常の給与が出続ける。そうなると、手元にはこれまでの貯金と合わせて、正味四百万円近い金が残る事になる。失業保険は出なかったが、節約しながらやりくりすれば、一年ちょっとはなんとか生きられそうだ。当面の生活費の心配がなくなり、ここ最近で一番大きかった煩悩が大きな溜息《ためいき》と共に飛んでいった。

仰向けに寝そべったソファから上半身を起こすと、スミレは部屋の壁に目をやった。ＡＩの選書サービス構想を始めて以来、夜な夜な書いては消して付け足してを繰り返した結果、今では三十枚を超える手書きのメモ用紙が貼られている。まだ未完成だが、サービスの輪郭は少しずつ見えてきている。ブックとブティックを重ねた「Booktique」なんてサービス名も一丁前に掲げていた。ただの暇つぶしとはもう言い逃れできないくらいに、スミレの頭の中はもうこのサービスのことで一杯だ。

お金の問題は解決したとして、残りの足枷《あしかせ》はなんだろう。というか、なんで自分は諦める理由ばかり探しているんだろう。

恋愛に向ける情熱くらい、好きな仕事が見つかったら教えてね――

彰の言葉がまた耳元で囁いてくる。

勝算はない。その代わり、リスクもない。

二十九歳、体は健康で独身、家族も皆元気で、お金も当面どうにかなることが分かった。もしかするとこれは、一番難しいことに、そして一番やりたいと思えることに向き合える最後のチャンスかもしれない。想像を優に超えてしまったが、これこそ探し求めていた「経験値」なのでは？　もちろん、同時に不安も追いかけてくる。元々はお遊び半分の起業が、こんな中途半端な決意で上手くいくわけがない。クビ、無職ときて次は倒産なんてしたら、今度こそ本当に立ち直れない。

一度冷静になるため、川沿いを散歩しようと外に出た。今週から梅雨《つゆ》入りと天気予報では聞いていたが、大きな雲に覆われながらも太陽が懸命に粘りを見せていた。

今決断をしたら、この夏はスミレにとって間違いなく試練の季節になるだろう。始めたばかりのパーソナルジムは退会して、友達と盛り上がったフェスの約束ももちろんキャンセル。行きつけのご飯屋さんにはなかなか通えなくなるけれど、シェフは自分を覚えていてくれるだろうか。次々に楽しい予定が浮かぶのに、残念ながらそれらは、自分の中に芽生えたたった一つの意志を諦める理由にはならなかった。

スミレは久留美社長のＳＮＳに初めてＤＭを送る。

先日は貴重なお時間をありがとうございました。
面接で伺った加藤スミレです。突然すみません。

社長との面接を通じて色々考えてみて、私、本気で自分の書店の事業やってみようと思います。

書店主って呼んでくださったのは社長が初めてで、とても嬉しかったです。

勇気を、ありがとうございました。

加藤スミレ

送信ボタンを押すと、いよいよ後には引けなくなった。この胸騒ぎをどう止めればいいのか分からず、一度近くのベンチに腰掛ける。頭上では、お花見の大役を終えた桜の木々たちが元気に葉を広げていた。

私なんか、絶対に無理。

大丈夫、やってみよう。

心の中では二人の自分が言い争いを続けていたが、桜の葉が風になびいて、優しい音でかき消してくれた。

「案外、楽しみかも」

ふと漏れた一言は、想像以上に前向きだ。不安以上に楽しさが勝るのは、良い前兆だと信じてみたい。

家に戻ると、転職サイトのマイページをブックマークから削除した。

部屋の片隅に積み上げた未読の本たちは、あと四冊になっていた。

第二章 カタカナの洗礼

あと167日

あの人はスタバ、あの人は缶コーヒー。

あの人はおしゃれなカフェ、あの人は自前のタンブラー。

最近、道ゆく人のコーヒー事情を無意識に気にする癖がついてしまった。駆け出しの起業家に浪費は厳禁。スミレも自分で淹《い》れるインスタントコーヒーかコンビニコーヒーしか飲まなくなった。息抜きや寄り道のつもりで買うコーヒーやドーナツが、いかに贅沢品《ぜいたくひん》だったかを痛感する毎日だ。

今日もまた、インスタントコーヒーをデスク脇にスタンバイさせ、ラップトップに向き合うと根元の伸びた赤いネイルが目につく。ここ数年、ネイルはエナメルの赤と決め定期的にネイルサロンに通っていたが、これも我慢。

「よし。これでだいたい、契約周りはＯＫかな？」

画面に映し出されたto doリストにチェックを入れる。自分の会社に仕事を一本化すると決めてから、ここ数ヶ月のモラトリアム期間を巻き返すかのように怒濤《どとう》の忙しさが続いていた。サービスの構想に加えて、定款書き替え、運用方法と外注先の検討、ＳＮＳの企業アカウント開設、銀行口座の開設に至っては審査落ちからの再審査。書き出した当初は途方にくれていた大量のto doリストも、あと二つを残すのみとなっていた。

心地よい達成感に包まれ、首周りの伸びたＴシャツ姿でベランダに出る。一日中家にいてオンライン会議もない今、一人作業の時は専《もっぱ》らパジャマ同然の部屋着姿だ。家での一人作業が増えてからは、抗うつ作用があると聞き日光に当たるよう意識をしている。二十九歳独身一人企業、体が何よりの資本である。

三階にあるスミレの部屋のベランダからは、身を乗り出せば通行人の顔まで見える。目の前にある自動販売機の横に置かれたゴミ箱には、空のチューハイ缶が溢れ返っていた。

「どうりで。昨日の夜もうるさかったもんなぁ」

午前中から酒の空き缶を見ると、胸がムッとする。この季節になると、川沿いにあるスミレの家では、終電を逃した若者たちが夜通し語り合う楽しげな声が聞こえてくるのだ。去年までの自分は間違いなくあちら側にいたのだが、今年は違う。

ベランダの手すりに両手をかけて、適当にスマホを触ってみても、LINEメッセージには相変わらず企業アカウントからの未読メッセージが虚《むな》しく並ぶだけだった。付き合いが悪いせいで友人からの誘いの連絡はめっきりなくなったが、朝から晩まで自分の会社に費やす日々は、ただあっという間で寂しさを感じる隙すらなかった。

スミレは元々、人付き合いや行事ごとが好きだ。そのせいで、自分は仕事もチームワークを活かす職種が向いていると当たり前のように信じていた。それが最近では性格が変わったように、脇目も振らず一人to doリストを片付けることに充実感を覚えている。思えば、老舗の化粧品会社からスタートアップへの転職は我ながら思い切った決断だった。その先に起業、そして独立と、さらに大きなイベントが待ち受けていたとは。

空を見上げると、もくもくと入道雲が伸びている。天気予報を見ない間に、梅雨はとっくに過ぎ去り季節は夏に変わっていた。暑さが本格化する八月を前に、この調子だと今年は日焼け止めを買う必要もなさそうだと考えながら、スミレは再び部屋へ入ると、ラップトップと向き合い、少なくなってきた残りのto doリストを再度確認した。

「次は資金調達、か」

当面の生活費は工面できたものの、Bookiqueを始動する資金を自力で捻出するのは不可能、どこかからお金を引っ張ってくる必要があった。

資金調達の方法には、大きく分けて「エクイティ」と「デット」の二種類がある。VC（＝ベンチャーキャピタル）やエンジェルと呼ばれる投資家を募り、会社の株を発行して資金を調達する方法を「エクイティファイナンス」、銀行で借り入れをする、いわゆる借金による融資を「デットファイナンス」と呼ぶ。

前の職場で働いていた時、こんなことがあった。

広報の仕事を兼務していたスミレは、VCからの数億規模の資金調達実施のリリース配信を担当することになった。背景を詳しく知らされぬまま、とにかく急いでリリースを配信すると、その日のうちにメディアからの取材依頼が殺到した。普段はメディア取材の獲得に悪戦苦闘しているというのに、資金調達に関しては祝福の嵐で、メール捌《さば》きに一日中追われたことを記憶している。資金調達は借金が増えることだというネガティブな先入観を持っていたスミレにとって、これは新しい発見だった。そんな経験から、資金調達を始める際スミレの頭に真っ先に浮かんだのは、エクイティファイナンスだった。

単なる社員とはいえ、仮にもスタートアップ業界に三年間身を置いていたのだ。知り合いを辿《たど》ればVCに繋がることは難しくない。いまや国を挙げて起業やスタートアップを支援する風潮が高まってきているし、自ら銀行で借金をせずとも、スミレの構想に賛同する投資家からの出資を得られるかもしれない。やる気の糸が切れないうちに資金調達に取り掛からなくてはと、はやる気持ちは山々だが――。

「さすがに、まずいよね」

山積みの洗濯カゴ、衣類で埋もれて座る場所のないソファ、埃《ほこり》の溜まったアンティークのランプシェード。部屋の乱れはそろそろ限界を迎えていた。

スミレは資金調達の前に、まずは部屋の掃除をto doリストに書き足すことから始めた。

指先のネイルが全て剝がれ落ちた頃、ついに初めての投資家面談がやってきた。

すぐに思いついた知り合いの投資家の中でも、シード期と呼ばれる創業間もない会社への投資を中心に行っている人物にアポを取っていた。せっかくならば外出はまとめてしまおうと、返事をくれた二人のVCとのアポは同じ日にセットした。「面談」ではあるが、スミレにとっては人と待ち合わせをする久しぶりの「お出かけ」だ。外は真夏日だというのにストッキングを穿く自分が、なんだかとてもちゃんとした人に思えて嬉しくなった。

一人目は、知り合いの中でも一番若手の朝日奈《あさひな》さんという男性だった。一度だけスタートアップの集まりで会い、名刺交換をしただけだが、歳が近くおしゃれで話しやすい人だった印象をうっすらと覚えている。

投資面談自体が初めてだと告げると、じゃあまずはお茶でもしましょうと対面での面談をセッティングしてくれた。指定された六本木のオフィス一階にあるカフェの入り口で朝日奈さんを待っていると、スーツ姿の男女が忙しなくオフィスを出入りしていた。手に持つテイクアウトのカップには、この近くにあるおしゃれなカフェのロゴが当然のように刻まれている。

「かっこいいー」

起業家とは名ばかりで、いまはニート同然のスミレには彼らの姿が眩しく映る。自分も早く、お金を気にせずにおしゃれなコーヒーをテイクアウトできる社長にならなくてはと、面談に一層気合いが入った。

「お待たせしました。加藤さん、ですよね?」

一度しか会ったことがないからか、半信半疑の様子で近づいてきた朝日奈さんは、額に汗を浮かべていた。ネイビーのポロシャツに高そうな革靴。うっすらパーマをかけたヘアスタイルは、スミレが長らくキャリアを積んだコスメ業界の男性たちと変わらぬ身だしなみだった。前回会った時に感じた親しみやすさがそのままでほっとする。それぞれアイスコーヒーをオーダーすると、向かい合わせで席についた。

「いや〜夏真っ盛りって感じですね。暑がりなので、こうしてオフィスにお越しいただけるのは本当にありがたいです」

ハンカチで汗を拭う手元の小指には、ごつめのリングが光っていた。こなれた風貌だけ見ると、朝比奈さんは一般的なVCのイメージからはかけ離れている。

「どこかへ外出されていたんですか？」

「今日ちょうど、午前中のミーティングがなかったので、投資先に顔を出しに行ってきたんです。そしたら雑談が盛り上がって長居しちゃって、急いで今帰ってきたところで。汗かいちゃってすみません」

お金を扱う仕事とあってもう少し堅く真面目《まじめ》な感じを想像していたが、この雰囲気ならスミレも臆することなくプレゼンできそうだ。やはり、朝日奈さんに声をかけてよかった。

「早速ご連絡いただいていた件ですが、加藤さん起業されたんですね。ということは、前職はお辞めに？」

「ええ、辞めたというか、このご時世なかなか厳しいものがあり、早い話がクビです」

「そうだったんですね。最近結構聞きますよ、スタートアップの雇用切り。それもポジションがあったり、給料の高い人が対象みたいで。にしても次の挑戦が起業とは、おめでとうございます」

「ありがとうございます」

「それで、私に連絡をくれたということはVCからの資金調達をお考えで？」

「はい、できればそうしたいなと思っていて」

「僕でよければ相談に乗るので、ぜひ色々教えてください」

「はい！」

スミレは持ってきたバッグからラップトップを張り切って取り出すと、プレゼン資料を開き、AI選書サービスの構想について話し始めた。自宅で温め続けたアイディアを誰かに聞いてもらうのは、これが初めてのことだった。

「私が考えているのは、『Booktique』というAI選書サービスです」

口に出し、誰かに話していると、いよいよ動き出すのだという実感が湧き少し鳥肌が立つ。

「趣味の延長で小説中心の選書サービスをアナログで運営していたのですが、お客様からの満足度が高いことから、システムを組んで拡大できたらいいなと思い、現在アイディアを練っている段階です」

その後、選書サービスが最近増え始めたことなどの市場概況、ターゲット、価格設定や現段階での開発イメージなど、およそ十五分かけて、二十三ページにわたる資料の説明をした。興奮と緊張で早口にこそなったものの、自信を持って相手に伝えられたと思う。

「――と、まずはこんな感じで進めています。今はエンジニア探しと資金調達が課題という状況で」

「なるほどなるほど、ありがとうございます」

朝日奈さんが食い気味に相槌を打つ。冒頭の和やかさとは明らかに違っている。

「これ、どこから話そうかなあ。ではまず、強いて言うなら大切なのはどちらですか？　選書か、ＡＩか」

「え？　ＡＩで選書するサービスをイメージしているのですが」

スミレの戸惑った顔を見て、朝日奈さんはあははと笑いながらアイスコーヒーに手を伸ばした。

「それは分かります、もちろん。ただどっちがやりたいことなのかなぁと思って。正直、本は斜陽産業なのでＶＣはまず投資しないでしょうね」

「え？　本を扱う時点で投資向きではないということですか？」

「そんな感じです。ＶＣって、大体自分が得意な投資領域があるんですけどね、いやぁ、本が得意というＶＣは聞いたことないですね」

「すみません。勉強不足で、初めて知りました」

「かといってＡＩですが、これは素人《しろうと》の加藤さんが手がける理由がまったくないですよね」

「おっしゃる通りです。だから得意な領域を掛け合わせたのですが」

「最初に加藤さんからご連絡をいただいた時、経歴からいって僕はてっきりコスメの新事業だと思ったんですよ。なので困りました」

朝日奈さんは笑う。

「本にＡＩを掛け合わせたとて、まあ市場としてＶＣウケが悪いのは間違いないでしょうね。加えてジャンルが小説という点も、また更に前時代的というかなんというか。いやあ、困りました」

「……なにがそんなに困るのでしょうか？」

「投資家はサービスの成長性を重視します、スケーラビリティというやつですね。本そのものが今や成長産業にない中で、加藤さんの事業は本がやりたい！　という強い思いが先行しているので、アドバイスが難しいんですよね。しかも未経験。なかなか思い切った決断をされていると思います」

「では、起業家って普通はどうやってサービスを始めるんですか？」

「自分の過去の経歴を活かすケースが多いですね。あとは、不便を便利に！　遅いを速いに！　そういう分かりやすい変化をもたらす事業がスタートアップには向いています。領域も絞って起業される方が多いかと。これは私のおせっかいですが、加藤さんの場合はサイドビジネスとして、小さく継続された方がいいかもしれませんね」

朝日奈さんは終始笑顔を崩さない。それが逆に不気味だった。初めてのVC面談で勝手が分からないことばかりだったが、その笑顔がつくり笑いであることは誰の目からも明らかだ。

「そうなんですね……」

返す言葉が見つからず、あからさまに元気をなくしたスミレに、朝日奈さんは畳みかける。

「先ほどもチラリと申し上げた通り、加藤さんのご経歴を活かしたコスメブランドやコスメのECなら、もっと調達しやすくなると思いますよ。デジタルを絡めておすすめの化粧品を教えてくれる、とか。あ、例えばですよ、例えば！」

「それは、考えたことがなかったです」

「いいんです、いいんです。個人的には応援してますよ！　本って素晴らしいですし、加藤さんも女性起業家として華があります！　頑張ってください！」

華…の一言に引っかかったものの、その後も少しだけ世間話を続け、面談は終了した。別れ際、朝比奈さんは念を押すように再び「応援してます」と言い、握手まで交わして、足早にオフィスに戻っていった。スミレはというと、しばらくその場を動けなかった。あれだけ準備を重ねてきたのに、人生初めての投資家面談は手も足も出ず、ただ相手のペースに飲まれて終わった四十分間だった。

六本木駅から、次の面談場所がある青山一丁目駅に移動する。歩いても歩いてもホームに辿り着かない大江戸線の駅の深さには毎回驚くが、今のスミレの悲しみも負けないくらいに深い。

次の面談まではあと一時間弱。ホームのベンチに座ってイヤホンを耳に差し、明るい曲で無理やり気持ちを立て直すと、電車を四本見送ったところで、ようやく電車に乗る元気が湧いてきた。

次の面談相手は相馬《そうま》さん。女性VCだ。直接会ったことはなかったが、共通の知人を介しS

NSで繋いでもらった縁だった。先程の朝日奈さんは同年代だったが、相馬さんは確か少し上の四十代。男性の多いスタートアップの世界で、同性同士、共鳴する部分が少しでもあればと面談を申し込んだ。

女性VCはまだまだ日本では珍しく、インターネットでは相馬さんのインタビュー記事をたくさん見つけた。ここまでキャリアを切り拓《ひら》くのはきっと大変なことだっただろう。男性優位の業界に対する問題意識や女性起業家への思い入れも人一倍強いようで、ついつい期待が先走る。

相馬さんから指定された場所に到着すると、そこは洗練されたインテリアで統一されたシェアオフィスのエントランスだった。入り口には入居中の企業のロゴが一覧で掲示されており、中には最近創業のニュースを見かけたばかりの会社もいくつかあった。早く調達を決めて、自分もこんなかっこいいシェアオフィスに入居したい。

「こんにちは。四時にハッピーキャピタルの相馬さんとお約束しております、加藤スミレと申します」

エントランスで受付を済ませると、カードキーを渡され一つ上の階に案内された。大きなワンフロアをいくつもの部屋に区切った空間には、一つ一つの扉に会社のロゴが掲げられている。

小部屋が迷路のように連なっているので無事ハッピーキャピタルを見つけられるか不安になったが、突き当たりを曲がるとすぐにその看板を発見した。

「失礼します」

軽くノックをすると中から声が聞こえた。ゆっくりと部屋に入る。相馬さんは部屋の奥側にある窓に背を向けるように、大きく構えたデスクに座っていた。手前に置かれた小さな応接スペースに座るよう促された。

「素敵なお部屋ですね。お一人なんですか？」

「ええ。フルリモートの会社なんですが、家だと子供もいてうるさいので個人的に借りてるんです」

「すごい！　子育てしながらＶＣされているなんて、かっこよすぎます。お子様はまだ小さいんですか？」

「いま三歳です。今日ちょっと時間がなくて、早速事業のお話を聞いてもいいですか？　モニター、使います？」

インタビュー記事の写真で見かけたオフィス、すでに知っていた情報。それでも話が盛り上がればと知らないふりをしていたが、世間話を挟まず本題に入るらしい。スミレは慌ててラップトップを取り出すと、ケーブルに繋いでプレゼンを始めた。

「ＡＩ選書サービス『Booktique』は、読書を楽しくするための新しいサービスです。Booktiqueを使えば、自分で選ぶのとは違った形で、好みに合った新たな本に出会うことができます」

「へえ」

「サービス構築は、すでに数多くある本のレビューサイトや掲示板をビッグデータとして用います。書いた人の評価・年代・属性をＡＩに学習させれば、独自の選書システムを組めると考えています」

本日二度目ということもあり、先ほどよりも手短にプレゼンができたと思う。が、相馬さんの表情には少しの変化も見られなかった。それどころか、眉毛の角度が鋭いせいで怒っているようにも見える。同性同士分かち合えるものがあれば、だなんて勘違いも甚だしい。二人きりの狭い空間には居心地の悪さが立ち込め、抱いていた淡い期待はさっと遠のいた。

スミレの説明が終わると、相馬さんは開口一番こう言った。

「別紙で細かい数字を落とし込んだ、事業計画のようなものはありますか？」

「いえ、まだ」

「エンジニアはどうするおつもりですか？」

「それも、まだ……」

　ここで初めて相馬さんと目があった。というか、睨《にら》まれた。

「じゃあこれ、誰がつくるんですか？」

「今からエンジニア探しも並行して頑張ります！」

「頑張る、ねえ……よくいるんですよね、そういう起業家」

　浅いため息のあと、相馬さんはひと続きに言った。

「いいですか、起業家はやるかやらないかです。頑張るなんて言葉、動き続けて結果を出さないとなんの意味もない。本気なら手段を選ばずにもっとやらないと。私の周りの起業家たちには、合コンやアプリなど出会いの場に出向いて、会社のリクルーティングをしている人もいましたよ」

「そこまで？」

「当たり前です。夢があれば投資が集まるだなんて思っちゃだめ。事業内容は一旦おいておくとしても、この程度で面談を申し込まれてははっきり言って迷惑です」

　そこまで言う⁉　それにこの人、本当に三歳児の母⁉　眼力が、強すぎる。

「この事業、ご自分の借金で、やる気はないんですか？」

馬鹿に何を言っても無駄だと呆れた様子で、相馬さんは今度はゆっくりと喋《しゃべ》り出した。

「まずはVCからの調達しか考えていませんでした」

「では、VCがダメなら諦めると」

「いや、まだ始めたばかりなのでそこまでのことは」

「先ほども言いましたが、やるかやらないか。私が投資において最重要視するのは起業家自身の覚悟です。あなたからはその覚悟が見えてこない。申し訳ないですが、私にご協力できることはないかと」

相馬さんは軽く頭を下げ、席を立ち上がると扉を開けた。ここまであからさまに帰れと促されるとかえって清々《すがすが》しい。

「本日は、お時間ありがとうございました」

力なく礼を伝えると、スミレはエレベーターに向かって歩き出した。ビジネスの場ではビジネスがメイン。当たり前だが、性別なんてなんのアドバンテージにもならなかった。

「応援してます」

去り際、背中越しに声をかけられたが振り向くことができない。惨めで、恥ずかしくて、今はとにかく早くこの場を立ち去る方法を考えるので精一杯だった。

大江戸線のあの深さを思うと、とてもじゃないが電車に乗る気分にはなれなかった。止まらない涙を引き連れて青山通りを歩き始めると、バッグを持つ手が力なく垂れ下がり、危うくアスファルトで擦りそうになる。今はもう大事なブランドバッグに構う余裕もなかった。

冷静さを取り戻したのは、大通りの交差点に差し掛かった頃。改めて、先ほどの涙の理由を考えてみる。夢を否定されて悲しかった？　自分の無知が情けなかった？　違う、この涙の主要成分は、びっくりだ。

（VCって、起業家の伴走者じゃなかったの？）

インターネットなどで時折見かける起業家とVCの対談記事を通じて、VCとは、金銭面の援助だけでなく、起業家のメンタルもサポートするメンターのような存在だと思っていた。それなのに、今回の面談は想像から大きくかけ離れていた。ネットで知り得た情報など、所詮一回の経験の足元にも及ばないことを実感する。

更に三十分ほど歩くと、あたり一面の空がピンク色に染まり始めた。日が沈み夜が始まるまでの短い夏空は、スミレの心をより一層の悲しみで満たす。落ち着きかけていた涙腺がまた緩むと、再び二人の笑い声と眼力が脳裏に蘇った。自分のサービスはそんなに筋が悪いのだろうか。Booktiqueを始めるにあたって、ある程度の厳しさは覚悟していたが、まるで試合に出場する前から退場を言い渡されたような、この辛《つら》さは想定外だった。「応援」とはなんて残酷な言葉なのだろう。

また一つ大きな交差点を通り過ぎると、涙で少し滲《にじ》んだ視界の前方に、本屋の看板が見えてきた。紙の香りに救いを求め、スミレは吸い込まれるように店へと入る。

いつもならば文芸の棚へ直行するのだが、この日はビジネス書の棚に足を向けた。相馬さんの言葉を頭の中で反芻《はんすう》しながら、「覚悟」に関する本をあれこれ物色してみる。起業前によむべき本、勝つ経営、起業の教科書。起業ジャンルだけでも似たような装丁・タイトルの本がこれだけあることに驚く。文芸書なら好きな作家や好きな作品の傾向がすでにあるが、普段手に取らないジャンルを前にすると何を読めばいいのかさっぱり分からない。見ているだけでお腹《なか》がいっぱいになったような気持ちになり、何も手に取らずビジネス書コーナーを出た。

文芸コーナーに移動しながら、ぼんやり考えてみる。もしかしたら、小説から遠ざかっている人の気持ちはまさに今の自分のような状態なのかもしれない。例えば今のスミレは、起業家の覚悟はなんたるかを教えてくれる本を読みたい。探している本がここまで明確であっても、似たものが多すぎるせいで探すことを諦めてしまった。こんな時、本を選ぶ補助輪となるサービスがあればきっと誰かの役に立つはずだ。スミレの口角がぎゅっと上がる。やはり、本のことを考えている瞬間は楽しい。「誰が作るの？」という相馬さんの声が蘇るが、今は考えないことにした。

好きな作家の新作単行本を一冊買って本屋を出ると、少しだけ元気が戻ってきていた。本代は生きるための必要経費。本を買う時だけ「節約」の二文字を忘れてしまうのは、本好きの病とでも呼ぶべきかもしれない。

「好き」は、何にも代えられない強さだ。これくらいで挫折しているようでは「好き」を仕事にするなんて夢、きっと叶《かな》わない。本の事業が資金調達に向かないのなら、その常識を変えるくらいに必死になろう。今日の失敗は資金調達開始の洗礼だと割り切って、明日からも前に進んでいくしかない。本屋を訪れたことで、スミレは本に託した自分なりの覚悟をもっと信じてみたくなった。

気晴らしに誰かと飲みに出かけたい気分ではあったが、相変わらずＬＩＮＥの通知はゼロ。誘いたい相手も思いつかなかった。こんな夜が増えることにも、慣れていかなくてはいけない。今日のところは、食べたいお惣菜《そうざい》をめいっぱい買い込もうとスーパーに足を向ける。ちょうど割引のシールが貼られ始める時間帯だ。

近頃のスミレは新しく出会う感情で忙しい。夜になると成長痛で骨の軋《きし》む音がすると話していた、中学時代のクラスメイトを唐突に思い出した。


「あははは！　こりゃ、ＶＣが話聞いてくれないのも無理ないね」

ある週末、スミレは渋谷にあるチェーン店のカフェに旧友を呼び出していた。

「ちょっと、笑わないでよ。こっちはもう人生賭けたつもりで走り出したんだから！」

スミレが初めて作った渾身《こんしん》の事業計画を前に、ひたすら爆笑するジェイミー。どこがそんなに面白いのか、逆に教えてほしい。

「いやいや、これ一人で作ったんだなあっていう、賞賛含めての爆笑だから。いい意味で！」

いい意味のわけがない。ネットを頼りにスミレが見様見真似で完成させた事業計画は、プロから見ると笑えるくらいの「傑作」みたいだ。

「でも本当に大変な決断だね。見切り発車もいいところ」

「だからジェイミーを呼んだんでしょ！　助けて、ね？」

「ほんと、昔から甘え上手だよな」

テーブルに両手をついて、わざと仰々しくお辞儀をして旧友の協力を請う。ジェイミーを頼るに至った、先日の苦すぎる一件が蘇ってくる。


青山通りを泣きながら歩いたあの日、自分の資料には数字や具体性がまだまだ足りていないことを自覚し、まずは事業計画の作成にとりかかった。

事業計画とは、中長期のお金の流れを可視化した、事業の見通しが追える一覧表のこと。ユーザー数、売り上げ、経費。その事業に成長性があるかを判断するために必要となる大切な資料だ。

初めての事業計画づくりは、スミレにとっては未知との遭遇の連続だった。PL？　BS？　EBIT？　VALUATION？　金融用語、とでもいうのか、意味はおろか読むこともできない単語が頻出して少しも前に進まない。

一つ一つの意味を調べるだけで日が暮れるような日々が続き、このままでは年が明けてしまうと頼りにしたのが、高校時代の友人・ジェイミーだった。

中国にルーツを持つ彼は高校でも秀才で知られていて、海外の大学に留学しそのまま就職、数年前に日本に戻りコンサル会社のスタートアップ投資の部門で働きはじめたと聞いていた。お気楽な学生時代を送ったスミレとは属するコミュニティが違ったものの、大学の卒業旅行で訪れたアメリカで偶然再会し、その後交流が続いていた。物言いがストレートで厳しいが、その分ジェイミーならば正直なフィードバックをくれるだろうと思った。

「スミレちゃん、昔からそういうところあるからな。高三の秋もさ、進学クラスの俺たちを巻き込んで、自由参加の球技大会に無理やり引っ張り出したもんな。スミレちゃんの真《ま》っ直《す》ぐさに根負けして、なんかやらなきゃって思っちゃったんだよね」

「もう、そんな昔の話持ち出さないでよ！　今日は思い出話をしに来たわけじゃないんだからね」

「なんだよ、人を使うのがうまいって言いたかっただけ」

「いま私崖っぷちなので、何卒《なにとぞ》」

「分かってる分かってる。俺がここに来たってことは助ける前提なんだから」

　ジェイミーは、ツーブロック風の髪型をジェルで固め、踝丈《くるぶし》のデニムに、第二ボタンまで開襟したブルーのシャツを羽織って現れた。独特のファッションセンスは昔から難ありだが、賢さではスミレの友人の中で抜きん出ている。そんなジェイミーの「助ける」の一言は、いまのスミレにとっては何より心強かった。

「で、これ。販管費は月額いくらで見積もってるの？」

「ハンカンヒ？」

「え？　それくらい分かるでしょ、ここに書いてるじゃん自分でも、販売管理費」

「ああ、販売管理費ね！　ハンカンヒって略すんだ」

「毎月の販売管理費は、サービスの原価に直接関わるもの以外の会社のランニングコスト。スミレちゃんの給料とか、広告費とかオフィス賃料とか、そういうの全部含んだものね」

「ひとまず私は貯金があるから、給料はゼロで考えてる。来年くらいには欲しいけど、あ、でもそしたらいくら稼がなくちゃいけないんだっけ？」

「自分の給料出すなら、社会保険入らないといけないから給与のだいたい一・三倍は見積もらないとだめだね。仮に手取りが年間三百万円としたら、ざっと四百万円近くは必要ってこと」

「そんなに⁉」

「更に言うと、代表取締役以下役員は定めた報酬額を基本期の途中で変えられないから、一年間で払えなくなっちゃったら実質倒産。金額設定は控えめにするのが鉄則な」

「うそ！」

「スミレちゃん、本当になんにも知らないんだな……」

週末のカフェの店内は混み合っていた。左には仕事中の男性、右にはスマホをいじり時間を潰している様子の女子大生。声の大きいジェイミーの発言は両サイドのテーブルに漏れなくすべて筒抜けだろう。ここに仕事ができない人がいますと宣言されているようで、スミレはおちおち顔も上げられず、必死でメモを取るフリをした。

「じゃあ、ＡＩサービスの開発費はざっといくらで見積もってる？」

「あ、それはネットで調べて、まるっと一千万くらいで考えてる」

「は？　最初っからそんなに投資するの？　失敗したらどうすんの？　ＭＶＰでちゃんと検証してから始めた方がいいぞ」

「エムブイピー？　なんかに表彰されろってこと？」

「ミニマム・バイアブル・プロダクト、通称をＭＶＰ。最小限の実現可能なサービスで試すってこと！　そこから細かく検証と開発を繰り返してブラッシュアップしていくことがアジャイル開発な。スタートアップの基本中の基本だぞ」

「スタートアップなのかな、私」

「人力じゃなくてスケールアップを見越してのＡＩ化なんだろ？　資金調達のために事業計画も準備してるし、十分スタートアップだろ。あとこれ、毎月のサービスサーバー費はいくらでみてる？」

「あ、それは毎月の販売管理費の方に入れちゃった」

「サーバーはサービスに関わる出費だから項目分けないとね。それに、ＡＩの診断って開発して終わりだと思ってる？　その後も学習を続けていくから費用かかるし、保守運営の費用も必要。サーバー費も一人あたりの単価にまぶして計算しないと。ちゃんと入れた？」

「はぇ……」

初めて聞くルールばかりで思わず変な声が出た。ジェイミーの言っていることの意味は半分も分からなかったけれど、自分の知識量が圧倒的に足りないことを理解するには十分だった。

その後もジェイミーからの怒濤のダメ出しは続いた。同時並行でexcelシートが書き直されていくスピードは圧巻だった。スミレも見逃すまいと目で追っていたが、途中から諦めて二杯目のアイスコーヒーを買い、ジェイミーに差し出した。

「すごいスキルだね、もうexcelの方がジェイミーに追いついていけないね」

「これでお金もらってるからね」

しばし固まる画面を見ながら、ジェイミーはコーヒーのストローを吸った。好きな子の前でもexcel触れたらいいのにねとからかうと、ストローのゴミを投げて怒られたが満更でもない様子だった。

軽口を叩《たた》きながらも、スミレの心は複雑だった。社会に出て七年も経つのに、自分が積み重ねてきたキャリアやスキルは、起業する上ではまったく役に立たない。世の中にたくさんいる「コンサル出身」の起業家がこれを当たり前にこなせているのだとしたら、起業家としての自分は世の多くの起業家よりもひどく後ろからスタートしていることになる。


「ほんっっっとにありがとう!」

ジェイミーの高速作業によって、スミレの事業計画は格段にブラッシュアップされた。これだけ書けていれば大丈夫とジェイミーのお墨付きをもらったが、今後のサービス開発によって計画は変わるので、開発が動き出したら改めて事業計画を見てほしいと約束を取り付けた。

「強引だなぁ」

ジェイミーは笑いながら、空のアイスコーヒーが載ったトレイを片付け、店員に会釈し外へ出た。

「そういえば、エンジニア探しってどうなってるの？」

「エンジニア……」

壊滅的な事業計画を目撃した直後に、十四連敗中のエンジニア探しの話を聞いたら、ジェイミーはどんな顔をするだろう。

「どうせうまくいってないんだろ？」

「うん」

「よし、一杯飲みながら話そう。俺にいいアイディアがある」

「でも……」

金欠と言い出せず口ごもるスミレを見かねてか、ジェイミーが続けた。

「奢《おご》ってやるよ、貧乏人」

「やったー！」

このテンポの速さ、さすがは旧友だ。毒舌だが仕事はできるし、なにより優しい。ファッションセンスさえ磨けば異性としてありかも？　と一瞬思ってしまったが、あわててかき消した。

「私行ってみたいお店あるんだけど、いいかな？」

ジェイミーの返事を待たず、居酒屋に電話を入れた。最近オープンしたばかりのその店はSNSで見かけて気になっていたが、飲む機会もお金もないので行けていなかった。奇跡的に二席空いているということで、今すぐ行きますと伝えて店へ急いだ。


自分で作ったto doリストの最後の項目は、エンジニア探しだった。

先日のVC面談でもこの部分を指摘されたので、自力の事業計画書作りと並行して進めていたが、VCと違い、エンジニア界隈《かいわい》の知り合いは皆無。前職の最終出社日に引き上げてきた荷物をひっくり返し、名刺の束をごっそりと広げ、「技術」「エンジニア」「開発」と付く人になりふり構わず片っ端から連絡するところから開始した。

スミレの熱意と押しにより、オンラインでの挨拶まではなんとか漕《こ》ぎ着けるのだが、会議の冒頭、手書きの設計図を見た瞬間に心のシャッターを明らかにおろす人が六割、自分は関わらないけど応援してると激励に回る人が三割。残り一割からは、君には無理だと本気で止められる始末。オンラインでは顔出ししない人も多いので、相手の表情も読みきれず打ち合わせは困難を極めた。

つまり進捗《しんちょく》はゼロ。現在十四連敗中で、具体的な話に進める人は一人もいなかった。

「探し方が、斬新だな。そんなの聞いたことないぞ」

瓶ビールを小グラスに注《つ》ぎながら、刺身とだし巻き卵をつまみにちびちび飲み始めた。エンジニア探しの話だけでなく、先日のＶＣ面談の愚痴や、久しぶりに会った彰への片想いの話まで。ジェイミーは表情豊かに感情を表現してくれるので、ついつい饒舌《じょうぜつ》になってしまう。スミレの部屋の壁に貼られた手書きのサービス構想は今やゆうに五十枚を超え、一部はクローゼットにまで浸食を始めていた。この状況で、家で一人酒を飲む気持ちにはならない。久しぶりの酒、しかも旧友と分け合う瓶ビールは殊更《ことさら》美味しかった。

「ＶＣの人がさ、合コンでもアプリでもなんでもいいからもっと必死にエンジニアを探せって言ってて」

「そうなの？　すごい時代だなあ」

「正直そこまでしなきゃいけないのか私も疑問で。ほんと、覚悟ってなんだよって感じだよね」

スミレが大きな口を開けて最後のだし巻き卵を頬張ると、ジェイミーは急に真面目な顔で腕を組んだ。

「なに？　どうしたの？」

スミレが口をもぐもぐさせながら聞くと、ジェイミーは言葉を選びながらゆっくりと話し出した。

「俺も一応投資に関わる部署で働いているから、VCっぽいこと時々やったりするんだけどさ。覚悟、って言ったVCの気持ち、少し分かる気がするんだよね」

「え？」

さっきまで一緒になって愚痴に付き合ってくれていたのに、顔つきが明らかに変わっていた。

「さっきスミレちゃんの資料見ててさ、ただの企画書じゃんって俺も正直思ったわけ」

「ただの企画書？」

「確かにデザインは綺麗《きれい》だし、おしゃれなサービスだなって伝わるよ。でも今から社長になるわけだろ？　アイディアだけじゃなくて会社の経営とかサービスを広める戦略とか、もっと網羅的な視点が求められる。今の企画書とか知識だと、アイディア発表会なんだよな」

「そんな言い方しなくても！」

だし巻き卵を急いで咀嚼《そしゃく》し、むきになって応戦した。

「いやいや、VCってさ、多い時で一日十人とかの起業アイディアを聞かされるわけよ。だからプレゼンの良し悪《あ》しにかかわらず、準備とか本気度って手に取るように見えちゃうんだよね。職業病っていうか」

「私も一応本気だったんだけど……」

「分かってるよ、べつに否定したいんじゃなくてさ。ただ、スミレちゃんの本気の方向性が自分のルールの域を出てないんだよな。そういうのを指摘する意味で、覚悟って言ったんじゃない？　アイディア以前に、起業家としての心得というか」

「……」

　人が恥ずかしさを感じるのは、だいたい図星を指された時だ。会社の契約周りを整えただけで一丁前に起業家気取りだったが、肝心のサービスについてはどこかふわふわしたままだと自分でも気がついてはいた。なのに、スミレは自分のアイディアが可愛《かわい》いあまりに苦手分野はっい後回し。ＶＣはお金でお金を増やす「運用」が仕事で、共通言語は数字。ジェイミーの言うことに一理ありだ。

「覚悟って、そういうことか」

　スミレはテーブルに肘をつき、自分の面談の様子を思い返していた。

「多分ね。まあそんなに気を落とすなって。なんでもかんでもいちいち真に受けてたら、それこそサービスなんて世に出せないぞ。お客さんはもっと厳しい。金払うんだから」

「そうだね」

「それから、一人の作業も大切だけどもっと人と会って話すこと。とんでもなく独りよがりなサービスができあがるぞ」

ジェイミーが得意げな顔でこちらを見てくるのが腹立たしかったが、ジェイミーもジェイミーで言いづらいことを頑張って伝えてくれたはずだ。

「なんか、ありがと……」

ジェイミーは空になったスミレのグラスに瓶ビールを注ぐと、自分のグラスにも注ぎ足した。

「やっぱり俺って、いいやつだよな」

グラスを持ち上げ、一方的に乾杯してきた。気まずい空気を察してか、少し大袈裟《おおげさ》に明るく振る舞うジェイミーに、また優しさを感じた。

「それで、俺の提案聞く気ある？」

「あるある！　あるに決まってる！」

「ほんと、この貸しはでかいぞ。では、前途を祝して」

ジェイミーは空になった瓶を持ち上げてもう一本注文しながら、再び乾杯をした。

翌朝、スミレは起きると冷蔵庫へ直行し、ペットボトルの水を一気に飲み干した。

「おええ」

キッチンのシンクに手をかけ、項垂《うなだ》れる。頭が割れそうなほどに痛い。ソファには脱ぎっぱなしの洋服とカバンが雑に投げ捨てられており、帰ってきたままベッドに倒れ込んだ自分の様子が容易に想像できた。化粧を落とし忘れたカピカピの肌、お酒の味が少し残る口の中。二日酔いを経験するたびに二度と酒は飲むまいと誓うが、その誓いが守られたためしはない。

「最悪……」

ただ、収穫の多い夜だった。ジェイミーからエンジニア探しの方法として勧められたのは、アイディアピッチへの参加だった。

ピッチとは、投資家やベンチャーキャピタルと、支援を受けたい起業家が出会うために催されるプレゼンの場だ。起業家が出資者を必死に探すのと同じく、投資家たちもいい起業家を常に探しているらしい。参加すると起業家同士の横の繋がりもできるので、一人よがりになりがちなスミレにも合っているというジェイミーの見解だった。

「普通起業家は出資者探しを目的に参加するんだけど、スミレちゃんの場合はピッチに参加する他の起業家の人たちと仲良くなって、エンジニアのことを相談してみたらいいんじゃない？」

二日酔いの頭でも、ジェイミーからの提案は鮮明に覚えている。確かに、名刺をひっくり返して手応《てごた》えの見えない相手に一人ずつアプローチを続けるよりも、ピッチの方が一気に相談できて効率も良さそうだ。

そこまでは覚えているが、ジェイミーの提案にすっかり気を良くしてからの記憶が曖昧だった。失礼なことはなかっただろうか。急いでジェイミーに謝罪のメッセージを送ろうとベッドサイドのスマホを手に取ると、すでにジェイミーからはピッチの詳細が送られてきていた。送信時刻を見ると、あの深酒の直後だった。仕事ができる人はレスが早いとよく聞くが、本当にその通りなのだろうなと使い物にならない頭で感心する。

ジェイミーがピックアップしてくれたピッチは、行政が主催する女性起業家限定のイベントだった。それぞれのピッチの後にフィードバックがあり、さらに起業家交流会も用意されているため、駆け出しの起業家という同じ境遇の人同士で情報交換ができるのではないかとのこと。ピッチは八月後半。夏を駆け抜けた最後のイベントとして、いい日取りだと感じた。

ベッドにうつ伏せのまま、「ありがとう」とひと言送るのが今のスミレには精一杯だった。ジェイミーの好意を無碍にしないためにも、資料を仕上げ、ピッチには今日中にエントリーしてしまおうと決めたものの、そのままベッドに沈んでいくように眠ってしまった。

ジェイミーが作り直してくれた事業計画を元に、スミレは企画書にも大幅に修正を加えていった。自分が覚えてきた仕事の作法を一旦すべて忘れ、ネット上に落ちている資金調達の資料を洗いざらい調べ、そのやり方を取り入れていった。自分が気持ちのいいものではなく、人に求められるものを。企画書は驚くほどに退屈なものになったが、おかげでこれまでの資料がいかに無駄な箇所にページを割き、肝心の部分の説明を怠っていたかが分かった。郷《ごう》に入《い》っては郷に従ってみるものだ。

あれほど涙した屈辱のVC面談だったが、資料を見直す過程で再び挑戦したい気持ちが湧き起こっていた。ジェイミーと会って以来、一人で過ごす時間が長くなるのも怖くなった。知り合い経由以外にも、VCの会社ウェブサイトの問い合わせフォームから面談希望の連絡を送るなどして、できる限り面談の予定を詰め込んだ。

初回はオンラインでというVCが多く、移動時間がいらないので多い日には一日三件のアポを入れた。資料やプレゼンの改善、そして何よりスミレ自身が面談に挑む姿勢を入れ替えたことで、初回の苦い経験を踏まえると興味を持ってくれるVCは格段に増えていたが。

「本じゃなきゃ、だめですか？」

皆が口を揃えるこの一言で、面談はいつもストップしてしまうのだった。確かに本は斜陽産業だし、今から立ち上げる会社があえて選ぶ領域ではない。だからこそＡＩ技術を掛け合わせて新しい楽しみ方を提供したいという考えには、だったらＡＩに優れた会社がやる方に軍配が上がるだろうといつも同じ返し。

資料作りやプレゼンがいくら上達しても、この部分だけはいつまで経っても打開策を見つけられないまま、三十分の面談を終える度に疲れがどっと押し寄せた。そんな時は真夏の空の下、運動も兼ねて汗だくで本屋へ出かけ、本を信じた自分の覚悟を再確認しながら夕涼みをするのがスミレの息抜きとなっていた。

ある夕方、いつも通り本屋に出かけた帰り道、スマホを見ると珍しい人からメッセージが届いていた。

「加藤さん、その後いかがですか？」

面談直後に朝日奈さんからＳＮＳの友達申請が届いた時は、流石の空気の読めなさに軽くひいたが、無言で承認を押していた。ダイレクトメッセージが届くのは初めてのことだった。

「ご連絡ありがとうございます。朝日奈さんのおっしゃる通り、ＶＣとの面談で大苦戦中です。

朝日奈さんはお元気ですか？」

　当たり障りの無いメッセージを返すと、すぐに既読がついた。

「そうですか笑！　壁打ちならいつでもお相手しますよ」

　壁打ちとは、アイディアを第三者に聞いてもらうことで、自分の考えを整理する際に使われるビジネス用語だ。テキストでも意味の分からない場所に「笑」をつける人なのだなと思いつつ、なぜ突然壁打ちを申し出てくれたのかはもっと分からなかった。

「ありがとうございます。今お会いしても前回からの進展がなく、わざわざお時間いただくのも申し訳ないので、資料やアイディアをもう少しブラッシュアップできたら、ぜひお声かけさせてください」

　精一杯丁寧な断りを入れると、また間髪入れずに返事が届く。

「いやいや、未完成で大丈夫です。例えば今週とかいかがですか？」

「今週はあいにく面談が埋まっておりまして。お心遣いに感謝します」

「夜とかもだめそうですか？笑」

　夜？　雲行きが怪しい。

「実は、起業家やＶＣの若手で集まる食事会が今度あって、そこに加藤さんもお誘いしたかったんです」

スミレが返信の文面を考えている間に、朝日奈さんからのメッセージが立て続けに届いた。

やっぱり。もはやそれは壁打ちではなく、飲み会だ。

「それもう壁打ちじゃないですよね笑」

全然笑えないが、スミレもスミレで「笑」を打ち返す。

「そういうことになりますね笑。恋人とかいらっしゃいます?笑」

次は本気で笑った。

あの日のことを思い出す。初めての面談で笑われたあの日。朝日奈さんはきっとプレゼンを聞きながら早々に出資対象としての見切りをつけ、飲み会に誘う相手としてスミレを見定めていたのだろう。そしてこんなメッセージが届くということは、あちらにもそれなりに勝算があったということ。スミレが第一印象で抱いた束の間の好意が相手に伝わっていたかと思うと、ただやるせなくて悔しかった。朝日奈さんからのメッセージには、泣き笑いするスタンプを一つ返してメッセージを閉じた。

朝比奈さんとの最初の面談からは、ちょうど一ヶ月が経っていた。スマホのカレンダーアプリでこれまでのVC面談の数を数えるとちょうど二十件。ここまでよく詰め込んだものだと自分の営業力に感動しつつ、本にこだわる理由をここまで何度も問われ続けると、まるで本そのものを否定されているようで、純粋な本好きとしても胸が痛んだ。

VCにとっての資金調達は、未来のリターンに対して前もってお金を払うもの。だからこそ起業家は、その計画がいかに失敗しないかを説明する必要がある。まだ世に出していないものを先に買うわけだから、投資するVC側が慎重になるのは当然のことだが、二十件の面談で一つもいい返事をもらえていない現実を、スミレもそろそろ受け止めなくてはいけない時期に差し掛かっているのかもしれない。

真っ直ぐ、ひたむき、頑張り屋。

これまでの人生で頻繁に自分に向けられてきた褒め言葉たちが、今は憎い。企《たくら》みのない者は無知同然。起業の世界では自分の持ち味は全く通用しなかった。


地下鉄がやけに空《す》いていることで、今日がお盆休みだと知った。

親戚付き合いの薄いスミレにとって馴染《なじ》みのないイベントではあったが、お墓参りくらいは行こうかなぁと考え事をしていると、目の前の車窓に自分の顔が浮かび上がる。季節外れに白い肌のせいもあるが、その顔は悲壮感たっぷりだった。試しに目にぐっと力を入れてみるが、おでこにシワが寄り逆に老け込んで見える。楽しい未来を想像して自分の事業を始めたはずなのに、VC面談の回を重ねる度に自信は消え失せ、今の自分を支えるものは気力と執着だけだった。

車内アナウンスが目的地を告げる。

起業家にカレンダー通りの休みがないことは想像の範囲内だったが、VCの世界も同じようで。面談の日程がなかなか合わないVCから、対面でお願いしたいと唯一提示された日程が、お盆真《ま》っ只中《ただなか》の土曜日だった。

「よし」

小さな声で自身を鼓舞すると、電車を降りて軽くジャンプする。クビを通達されたあの日、鏡の前でジャンプをしてみせた日から、不安があるとこうして体を浮かせるのがおまじないになっていた。物理的に体を浮かせると、悩み事もいくらか軽くなる気がする。血色の悪い両頰を歩きながら軽く叩くと、スミレは二十一回目のVC面談に向かった。

土曜の上にお盆だからか、オフィスの受付には誰もいなくて、時間になると連絡を取り合っていた松山《まつやま》さん本人が出迎えてくれた。

「すみませんね、お呼び立てしちゃって」

「お忙しい中、お時間ありがとうございます」

面談前は常に体が強張《こわば》っていた。VCとの面談で失敗を重ねるうち、それはもう一種のトラウマのようなものとしてスミレの中に蓄積されている。

松山さんの後ろを歩きながら、今日も慎重にタイプを分析する。見たところ四十代前半。薬指に指輪もしているし、多分お子さんもいるだろう。温厚そうで嘲笑したり睨んだりするタイプには見えないが、油断は禁物。それに、「なぜ本なのか」の問いにもまだ最適な答えを見つけられていない。今日も、始まる前から既に帰りたい衝動に駆られていた。

人気《ひとけ》のないオフィスの、がらんとした大きな会議室。二人向き合う形で座ると面談が始まった。

「初めまして、ダイナソーキャピタルの松山です」

「すみません、私まだ名刺の準備ができていなくて……」

差し出された名刺を受け取ると、プリンシパルと書いてある。プリンシパル。バレエの主役をそう呼ぶが、どう見ても踊りそうなタイプではない。とりあえず主役級に偉い人だということだけ理解して、名刺をテーブルに置いた。

「加藤さん、でしたね？　どうやってうちに連絡をくれたんでしたっけ」

「会社の問い合わせフォームから、面談希望のメールをお送りしました」

「あれ？　僕は人からの紹介で基本面談がいっぱいなんだけどな」

松山さんはスマホを取り出し、予定がぎっしりのカレンダーから自分のスケジュールを見返していた。

「あ！　あったあった！　相馬さんからのご紹介ですね。相馬さんとの面談はいかがでしたか？」

「え？　知ってるんですか？」

スミレとの面談を一刀両断したあの女性VCだ。もう聞きたくないと思っていた名前が出てきて、咄嗟《とっさ》に失礼な物言いをしてしまった。

「知ってるも何も、VCの業界って狭くてね、大体みんな繋がっているんです。特にシード期は、自分と領域は違ってもいい起業家だと感じたら互いに情報交換するんですよ。今回は相馬さんから加藤さんのことを聞いていたので、僕が担当になったってことですね」

「それ本当に私ですか？　加藤って苗字《みようじ》はたくさんいるし。相馬さんとの面談本当にダメダメだったんで、私なんかが推薦されるわけないと思います」

「ＡＩ選書サービスの構想中だよね？　加藤スミレさんで合ってますよ。どう、相馬さん、怖かった？」

松山さんがにやりと笑うので本音がこぼれそうになるが、ぐっとこらえる。ＶＣは横の繋がりが強いと、たった今聞いたばかりだ。

「自分の準備不足を指摘され、ぐうの音も出ませんでした。自業自得です」

「ははは、そうかそうか」

目尻の下がった笑い顔が、いかにもいいお父さんといった雰囲気だった。

「相馬さんからはね、『ちょっとキツくフィードバックしてしまったのですが、アイディアや資料からセンスを感じました。本気だったら松山さんのところも回ると思うので、会ってあげてください』って。ほら」

松山さんはスマホ画面を見せてくれた。あんなふうに睨まれたのに、センスを感じ取ってくれていたなんて。この前の朝日奈さんのメッセージといい、今回の相馬さんの動きといい、スミレはもう何を信じていいのか分からない。

「恐縮です……」

「ここ最近忙しくて日程が取れないんだけど、相馬さんの推薦とあっちゃ、僕も気になるからね。こんなお盆ど真ん中になっちゃって、申し訳ない」

「とんでもないです、それでは、モニターをお借りしてもいいですか？」

手早く準備をすると、スミレはいつも通りプレゼンを始めた。あの相馬さんが自分を推薦してくれるなんて、いまだに信じられなかった。

「出版・書店業界は斜陽産業と言われて久しいですが、市場規模は依然一兆円規模を保っています。紙か、デジタルか、二極化しつつある市場の動きに対し、読書というコンテンツに着目して勝負することは新しい挑戦ですし、選書の領域の本格的な事業化はまだまだブルーオーシャンと言えます」

ここで松山さんの顔をちらりと見る。VCとの面談を何度も重ねて作り上げた市場概況の説明は、なんとか納得してもらえている様子。

「ターゲットは、読書から遠のいてしまった二〜三十代のビジネスパーソン、そして六十五歳以上の定年退職後の男女を想定しています。読書にハマるためには好きなジャンルを見つけることが必要です。AI選書がその人の好きそうなジャンルの本を教えてくれることで、読書再開の一助を担えたらと考えています」

VCとの面談を繰り返す中で、ターゲット選定も変えていた。読書家ではなくもう少しライトな層に振ることで、潜在ユーザーが多いことを示すためだ。

プレゼン資料が最後の画面に辿り着くと、この後のやりとりを想像し胃がぎゅっとなった。

「一旦、私からのご説明は以上となります」

「うん、面白いサービスだね。ターゲットも明確だし、ありそうでない気がする」

「え？」

「ＡＩの選書結果がアセットで溜まって、運用するうちに提案力がアップしていくのもいいね」

「恐れ入ります」

ＶＣから初めてもらう前向きなコメントに、スミレは何と返したら良いか分からなかった。

「ただ、ＶＣ向きじゃないのは分かるなぁ。やっぱり領域が本だとね、商材が限定的すぎてＶＣたちの頭に広がるチャートに落とし込んだ時、リターンが小さく見えちゃうんだよね」

「ＶＣの投資に向き不向きがあることを、勉強不足で知らなかったんです。見切り発車で始めてしまって、ＶＣのみなさんには大切な時間をいただいているのに申し訳ないです」

面白いと言ってもらえただけで、今日はもう胸がいっぱいだった。攻撃が始まる前にこのまま帰ろうと俯《うつむ》きがちにラップトップをたたむと、松山さんが口を開いた。

「僕たちＶＣなんて、結局勇気がないだけの起業家予備軍なんです。やるって決めて実際に動いた加藤さんの決断や思いを、まずは尊敬しますよ」

松山さんから思いもしない言葉が飛び出し、カバンにかけた手を止め、松山さんの方を見た。

先ほど交換した名刺に書かれていた肩書きを思い出す。プリンシパル、人格者という意味か？

「加藤さん、エンジェル投資家って知っていますか？」

「はい、個人投資家さんのことですよね」

「そうそう、僕たちVCは大元のファンドから預かったお金で運用するから、お金でお金を増やすために、それなりに決まった領域や次世代の成長産業に投資をする傾向があるんだけど、エンジェルは完全に個人。既に上場した経営者やお金持ちが自分のお金で投資するから、アイディアとか思いに突き動かされて出資に至るケースが多いんです」

「そのエンジェルは、どこにいらっしゃるんでしょう」

「あはは！　そうだよね、VCみたいにウェブサイトがあるわけじゃないもんね」

真剣に尋ねたスミレを見て、松山さんが背もたれに仰《の》け反《ぞ》るように笑ったのでスミレもつられて笑った。ボケたつもりは毛頭なかった。

「エンジェル投資はほとんどがご紹介の世界です。僕がもしもエンジェルだったら、加藤さんに投資をしたいなと思ったので、同じようなマインドを持ったエンジェルを紹介しますね。今後のご連絡のために、SNSで友達の申請をしてもいいですか？」

松山さんからの申請を承諾し、また連絡しますという一言で面談は終了した。友達申請が届いた時、先日の朝日奈さんとの一件が頭を過ったが、プロフィールにはお子さんとの笑顔の写真が使われていて、イメージ通りで安心した。

エレベーターホールまで見送りにきてくれた松山さんは、最後に一言添え、深々とお辞儀をしながら見送ってくれた。

「今の加藤さん、とてもいい顔をしているなと思いました」

エレベーターが閉まり切った途端、壁に右肩をもたれかけ項垂れた。安堵のような、それでもやはり次に繋がらなかった落胆のような。また一つ新しい感情に出会い、表現の仕方が追いつかない。ただ一つ言えるのは、満身創痍《まんしんそうい》の今の顔をいい顔だと形容してくれる彼はきっと、たくさんの窮地を乗り越えてきたのだろうということ。

VCからの調達を決めてからというもの、スタートアップの資金調達に関するニュースが目につくようになった。調達額や時価総額、数億数十億をさらりと背負ってスマートに語る姿についい自分も勇気づけられてしまっていたけれど、人生の大切なことを忘れていた。勝者にしか、スポットライトは当たらない。

資金調達達成のニュースの見出しの裏には、何人もの達成できなかった人がいるわけなのだが、それらの存在はニュース記事にすらならない。ある資金調達に成功した起業家が「何十件もの投資家とアポを取り渡り歩いた」と語っていたけれど、その数字一つ一つの中にはこの緊張と疲れが込められているのだ。たった一行で振り返るような簡単な試練ではないことを、誰も教えてはくれなかった。

あいつは数億、あの子は数十億。資金調達を終えた起業家のことを調達額で表現しているのを見て、値札がぶら下がっているみたいだなと感じたことがある。二十一件の面談を終え、値札さえつけてもらえない今の自分は、陳列されないスーパーの不良在庫も同然だと、思考は自虐の方向に向かう。

(すごいよ、世の起業家……)

そんなタイミングでお腹が鳴った。そういえば、今朝から何も食べていない。プレゼン前は緊張で喉がぎゅっと締まり、食欲を感じないのだ。今日は少しだけ前進もあったし、なんとなく外食したい気分だった。

「元気?　どうしてる?」

ビルの外に出てジェイミーにLINEを送るが、既読はつかなかった。SNSを開くと、当のジェイミーが中国に帰省中の様子をアップしていた。諦めてスマホをポケットにしまおうとした時、通知が鳴った。

「お盆だね。東京、空いてるね」

こういう時、姉妹だなあと思う。東京生まれの二人姉妹。盆と正月に帰る田舎がないせいでこの時期になると妙に互いを思い出す。加えて今日は打ち合わせ終わりという絶妙なタイミング。頭が切り替わり、ひとたび起業家から末っ子に戻ると、ますます食欲が湧いてきた。

「ほんとだね、今仕事終わったところ」

「ご飯食べた？」

「食べてないけど、お金ないから行けない」

「払わせるわけないでしょ」

「やったー」

「お墓、お参りしてから行こう」

姉妹ならではの最低限のやりとりで、一時間後に祖父母の墓で待ち合わせをすることが決まった。地下鉄の車窓に映る自分の顔をじっくり見たが、「いい顔」の意味はいまひとつ分からなかった。

東京にある墓には、母方の祖父母が眠っている。元々四国出身の母が、祖父に続き祖母も亡くなったタイミングで、田舎のお墓を閉じて通いやすい都内に移した。お墓に眠る祖母は、生涯働きに出ずプロ専業主婦を貫いた。一方祖父は、豪快な性格で田舎の中小企業の社長を任されるまでに出世したが、母が大学生の頃には業績が悪化して大変だったらしい。祖父はスミレが小さい時に亡くなったため、思い出は少ない。だが、いい加減さと愛嬌《あいきょう》のある性格で、食卓を囲むといつも皆を笑わせてくれた記憶だけはうっすらとある。

連敗続きの今、人柄のみで上り詰めた亡き祖父に、自然とスミレは今の自分を重ね合わせていた。

(おじいちゃん、私事業の才能ないのかな。辛いです、どうしたらいいでしょうか。引き返すなら今ですか?)

日も暮れた住宅街の墓地に、人影はスミレだけだった。墓石の前で目を閉じて手を合わせると、脈絡のない弱音が次々と浮かび、先祖に思いの丈をぶちまけていた。

「あれ? 爪、赤くないんだ」

「お姉ちゃん! いつからいたの?」

「ちょっと前。熱心に念じてたから大丈夫かなって様子見てたんだけど、あまりに長くて話しかけた」

強く手を合わせすぎて、姉が到着したことに全く気がつかなかった。そして爪のことも、姉に指摘されるまですっかり忘れていた。

「爪ね。ネイルサロンに通うの諦めてセルフネイルに変えたんだけど、下手すぎて塗るの止《や》めちゃった」

「あら、トレードマークなのにもったいない」

仕事着のスミレとは対照的に、ロングのワンピースにスニーカー、ノーメイク姿で現れた姉。胸には仏花を抱えていた。「どうせ手ぶらだと思った」と笑いながら、姉は手際良くお墓に花を生け始めたので、スミレは墓石の水洗いを買って出た。

スミレは仏花を買ったことがない。示し合わせることもなく姉がいつも準備をしてくれるので、毎年の墓参りで一度も気に留めたことがなかった。思えば会社員時代も、毎月の給与や福利厚生は当たり前の権利として享受してきたが、後ろ盾のない今はそれらがどれほど心強い保証だったかを思い知る。人の厚意や恵まれた環境は、一度手放さないと有り難みを感じられないように出来ているのかもしれない。

改めて二人並んで手を合わせ、墓地を出ると、ふくらはぎにぷっくりとした蚊刺されができていた。姉がカバンからムヒを取り出し塗ってくれたがかゆみはおさまらず、室内に避難しようと近くの居酒屋を探した。住宅街の中にある墓地の周りは飲食店が少ない上に、今日はお盆休みだったが、道の向こうに暖簾《のれん》の気配を感じたのでとりあえず向かった。

時代を感じさせるこじんまりとした居酒屋の店内には、カウンターにキープボトルがずらりと並んでいた。普段は地元の客で賑《にぎ》わっているようだが、今日はスミレたち以外に客はいなかった。

手際良く姉が注文したメニューは、お刺身の盛り合わせとだし巻き卵と漬物。先日、ジェイミーと居酒屋に入ったときもほとんど同じメニューを注文したことを思い出し、こういうところも姉妹だなぁと感心する。

「で、どう最近は？」

乾杯を済ませると、料理に手をつける前に早速姉から近況を聞かれた。姉なりの心配が伝わってくる。

「全っ然だめ、だめすぎてさっきおじいちゃんに念じた」

「あはは、おじいちゃんもあれだけ念じられていい迷惑だわ」

「お姉ちゃん、絶対起業なんてしちゃだめだよ。会社員が最強だわ、うん」

「私はスミレちゃんと違ってもっと堅実だから、大丈夫よ」

クビになるような攻めた会社選びもしないしねと姉がふざけて付け足すので、二人で笑った。

姉の奢りということに気を良くしたスミレは、早いピッチで三杯目のジョッキビールに手をかける。真夏の炭酸は体の隅々にまで染み渡り、凝り固まった心身が解放されていくようだった。

「世の中の起業家ってすごいよね。みんな資金調達に成功してるの。あんなの凡人じゃ無理。私にもできるかな？　って一瞬でも思った自分が馬鹿みたい」

「へえ」

「世間もさ、なんかこう煽《あお》るじゃない？　スタートアップしよう！とか女性こそ起業！とか。でも現実の女性起業家ってただの貧困と孤独。もう後悔してても遅いんだけどさ」

「そうなの？」

「そうそう。今はもう、気力と夢とのチキンレースに突入って感じよ」

お酒の力も相まって、負け惜しみは止まらない。

「でも。なんかスミレちゃん、今日いい顔してる」

「それさっきも言われたんだけど。どういう意味？」

今日二度目の「いい顔」。寝不足と偏った食生活でコケてしまった今の自分にかけられる慰めの言葉は、もうそれくらいしか残っていないのだろうか。

「頑張るのはいいことだけど、ご飯食べたくなったら連絡してね。お姉ちゃんこのくらいでよければいつでもご馳走《ちそう》するからね」

姉とはいつも愚痴や本音を対等に言い合うが、時々こうして姉スイッチが入る。自嘲ぎみに返すスミレに対し、今日の姉はどこまでも優しかった。

お腹もいっぱいになりメニューのデザート欄を見ていると、家で飲み直そうと姉に誘われ、二人でタクシーに乗り込む。今日は同棲《どうせい》中の恋人が家にいないらしい。スミレは到着するなり、我が物顔で冷凍庫のアイスを取り出し、冷房のスイッチを入れ、テレビの電源を点《つ》けた。

姉の家は、二人暮らしでも十分なほどにゆったりとした間取りだった。会社の近くに住むと家賃補助がもらえるので、部屋の選択肢も広がるらしい。

「あれ？　このソファどうしたの？」

どすんと腰掛けたソファは、いつの間にか新調されひとまわり大きくなっていた。リビングの隣にある自室に入った姉に聞こえるように尋ねると、部屋着に着替えた姉が出てきた。

「夏の評価がちょっと良くて、ボーナスが思ったよりもらえたの。ご褒美の気持ちで新しくしちゃった、いいでしょ？」

家賃補助、ボーナス。なんて魅力的な言葉たちだろう。姉と話していると、心底会社員に戻りたくなってくる。

「そんなことはいいから。はい、座って座って！」

姉は、両手に小さな缶箱を持って現れた。テーブルの前へ来るように促され、フカフカのソファを仕方なく離れると、缶箱の中には十数種類のマニキュアが綺麗に並んでいた。

「スミレちゃんに似合いそうな赤は……これかな？」

色とりどりのマニキュア入れの中から、姉は一番鮮やかな赤色を選んでくれた。

「お姉ちゃん、塗ってくれるの？」

「うん。さっき自分じゃうまく塗れないって言ってたから」

姉は昔から手先が器用で、大雑把なスミレに代わり、小学校の図工や家庭科の宿題も、黒子となって手伝ってくれていた。

「長持ちのコツはね、ベースを丁寧に塗ること」

スミレの手を取ると、姉は丁寧に透明のベースコートを次々塗っていき、時間をおいてまた塗り直した。

「こういう地味な作業が大切なの。土台さえしっかりしてれば、色付けなんてどうとでもごまかせるんだから。スミレちゃんは大雑把だからこういう地味な作業苦手だと思うけどね」

「図星すぎて返す言葉もないわ」

「だからさ、もう少しだけ頑張ってみたら？　始まったばかりの資金調達って、要は土台作りってことでしょ」

毎年欠かさず仏花を買い、ムヒもネイルも塗ってくれる、両親にも心配をかけず大企業で働き続ける姉の隣で、自分は一体何をしているのか。姉にだって悩みはあるはずなのに、今日もこうして自分の話ばかりしているスミレ。自分の情けなさに、急に涙が溢れてきた。

「お姉ちゃん、ごめんね」

「え？　どうした？　急に泣かないでよ、怖い怖い」

「だって私、仏花もムヒも持ってない。ネイルも塗れないし家族に迷惑ばっかり。自分勝手に起業して、それも上手くいかなくて……」

訳の分からない理由を並べながら、スミレは小さな子供のように声をあげて泣いた。しょっぱいはずの涙の味が甘く感じられるほどに、それは不思議と優しい時間だった。

「ちょっと、ネイル乾かしてるんだから！　お願いだから泣かないで！」

　飲みすぎなんじゃない？　と、キッチンに水を注ぎに立ち上がった姉の背中を目で追う。自分で自分を愛せなくなった時、誰かに愛され守られている実感こそが人を強くする。地に落ちかけたギリギリの自分の尊厳を、姉が掬《すく》い上げてくれた。

「お姉ちゃん、ありがとう」

「どういたしまして」

　姉の塗ってくれたネイルは、お店の仕上がりにも匹敵するほどの美しさだった。夏の太陽の日差しも負けじと照り返しそうな元気な赤は、ツヤツヤと光り、スミレの白い肌もいくらか健康的に見せた。

　来週の水曜日は、いよいよジェイミーに教えてもらったピッチの日だ。それまでこの色を長持ちさせたいなぁと爪先を愛《いと》おしく見つめていると、嬉しくなって笑みが溢れてくる。

「ねぇねぇお姉ちゃん！　私今こそいい顔してない⁉」

　姉はニコッと笑って頷いた。

　この諦めの悪い挑戦者の表情を、人は「いい顔」と呼ぶのかもしれない。その日、夢の中では祖父が楽しそうに笑っていた。

ピッチ会場は、行政が運営するスタートアップの専門施設だった。駅直結、近未来的な施設は綺麗に整理されていて、この手厚さを起業家の失業手当に充ててくれればいいのにと、スミレは先日訪れたハローワークを思い出し苦笑した。

それにしても、東京の八月はいつからこんなに暑くなったのだろう。もう残暑だというのに、地下鉄の移動だけで脇の辺りに汗の気配を感じる。汗染みがつかぬよう洋服をパタパタと片手で乾かしながら入り口付近で会場を探していると、スタッフの方に声をかけられ奥のイベントスペースを案内してもらった。百人規模のイベントが開けそうな会場には、参加者用の椅子とテーブルが三十ほど、前方には大きなプロジェクタとマイクが用意されている。

「参加者の方は二列目以降にお座りください」

プロジェクタに投影された指示に従い席を探す。一列目は審査員用の席のようで、既に五名ほどが座り談笑をしていた。彼らはきっとVCだ。スミレは反射的にできるだけ遠くに座ろうと、空いている席を探した。

「こんにちはー」

隣の席の女性に会釈をしながら腰を下ろす。軽く目はあったが返事はない。人見知りか、それともスミレと喋りたくないだけか。起業家が集まる場が初めてなので、とにかく覚えてもらえるようにと赤いシャツワンピースを着てきたのだが、馬鹿っぽく見えて逆効果だったかもしれない。この後の交流会が急に億劫になり、腹部に鈍い痛みを感じた。

「それでは定刻となりましたので、東京都主催の女性起業家ピッチ&交流会を開催したいと思います」

先ほど案内してくれた係の人の挨拶を合図に、審査員の紹介と今日のプログラムが説明された。

「プレゼンの順番は、今回のイベントに応募された順となります。制限時間は三分、その後審査員からのフィードバック三分で予定しております。それでは、早速一番の方からご準備ください。高橋《たかはし》さん、お願いします」

立ち上がったのは、先程スミレの挨拶を無視した隣の女性だった。プレゼンがエントリーした順だとすると、スミレの順番はきっとまだまだ後ろの方だろう。それまでには脇の汗染みも落ち着きそうだ。

高橋さんはすたすたと前に出て行き、ラップトップをケーブルに繋いだ。無駄のないその手つきからは、ピッチに慣れた余裕が滲み出ていた。佇《たたず》まいって大切だなぁと見とれてしまう。

「高橋有紗《ありさ》です、本日はよろしくお願いします。私が今後展開予定の事業は……」

次々に映し出されるスライドは、事業概要、市場のニーズ、ターゲティングや向こう三年間の資金の使い道、成長性まで分かりやすく説明されており、まるでお手本を見ているようだった。さらに、最後の自己紹介が強烈だった。

「大学三年生の冬ごろから起業準備を始めて会社を創業し、この春の大学卒業を待って本格的に資金調達に乗り出しました。現在、太陽キャピタルからのシードラウンドでの投資が決定しております」

大学で起業、ということは二十二歳⁉

「今日はプロの意見を伺い、より事業の解像度を高めたいと思い参加しました。ご静聴ありがとうございました」

完敗だ。

二十二歳で自分の目標を定め、こんなしっかりとしたプレゼンで出資まで決めている。VCからの出資はこういうところに集まるのだと思うと、自分のこれまでの連敗が腑《ふ》に落ちた。

その後は、エステサロンを開きたい人やビーガン専用の飲食店アプリを立ち上げたい人など、それぞれまったく違うジャンルの起業アイディアを携えたプレゼンが続き、聞くだけでも参加した価値があると思えた。そしてそれ以上に、皆が起業に至ったストーリーに、スミレの興味はそそられた。

　トップバッターの高橋さんのように既に事業が動き出しそうな人、まだアイディアを練り始めたばかりの人、副業として謳歌している人。ここまでの十三名のプレゼンを聞いても、やはり高橋さんのプレゼンは群を抜いて心に残っている。それはひとえにプレゼンの上手さもあるが、一人だけ光を放っているように見えたのだ。もちろん「いい顔」をしている。退路を絶った本気の人間には、独特の魅力が宿るのかもしれない。

　自分はどうだろう。軽い思いつきで起業して、起業家の肩書きをもらえただけで十分満足だったのに、今はこの事業でビジネスがしたいと毎日願い戦っている。高橋さんのように結果は出せていないが、自分にもその光はあるだろうか。いろんな種類の起業家を目の当たりにしたことで、相馬さんの言う「覚悟」の意味もやっと分かってきた気がする。

「次で最後のプレゼンとなります。加藤さん、お願いします」

　エントリーが遅かったスミレは、予想通り最後のプレゼンターだった。

　ゆっくりと壇上に上る。審査員も参加者も、皆が値踏みするような目つきでこちらを見ていた。失敗や嘲笑には慣れているので緊張はない。左から右へ、素早く会場全体に視線を向けると、なんとなく、これが最後のVCへのプレゼンになる気がした。

「加藤スミレです、本日はよろしくお願いします」

最初のスライドをめくるため、キーボードに指先を伸ばす。爪にはまだ赤いネイルが輝いている。

「私は今、VCの資金調達で二十三連敗中です。こんな事業じゃだめかなって、毎日思うんですけど、朝起きると頑張ろうという気力が残ってるんです、不思議と。夢ってこういうことなのかなと、最近気がついたような気がします。私の夢は、自分の作ったサービスで読書の楽しさを広げることです。今日はよろしくお願いします」

何度も練習したかのような、いまの自分にぴったりの言葉がするすると出てきた。自然と自分の声もいつも以上によく聞こえてくる。

「私の会社では、現在オンラインの選書サービスをプロトタイプで展開中です。今後この選書作業をAIで自動化し、好きな本やジャンルを入力するだけで、次に読みたい本をお届けするサービスを構想しています」

与えられたプレゼン時間が短いため、短く簡潔に説明した。具体的なサービス画面を説明するページは相変わらずの手書きだったので、スライドを送ると審査員の誰かが鼻で笑うのが聞こえたが、気にしている暇はない。

「この事業を年内にローンチさせるため、現在資金調達とエンジニア探しを並行しています。正直全然うまくいっていないんですけど、このサービスは絶対に読書を楽しくすると信じて、日々向き合っています。ありがとうございました」

パラパラとした拍手の後、他の参加者同様、五人の審査員それぞれから短いフィードバックを受ける時間が始まった。

「事業内容はＡＩの領域だし興味はあるけど、本じゃあねぇ。マーケットが小さそうですね、商材を変えるのはダメなんでしたっけ？」

「本は卸し値がほぼ決まっていて原価率が高い分、利幅を確保するのが難しいですよね。何十万人が使うようなスケーラビリティもないし、うーん……」

「厳しいことをいうようですが、これはスタートアップとは呼べないですね、資金調達向きではないと思いました」

ほかにも計画の甘さやエンジニア不在を指摘されるなど、普段のＶＣ面談とさほど変わらないフィードバックだった。やはりＶＣへのアプローチはこれで最後にしよう、そう思った矢先だった。

「いや、僕はすごくいいと思ったなぁ。うん、すごくいい」

一番左に座った審査員が、最後のフィードバックを始めた。

「ビジョンがしっかりしているのがとてもいいと感じました。HOW《やりかた》は一旦置いておくとして、描く世界に共感しますね。審査員のみなさんが否定しているのも僕としては面白いです。万人受けするサービスは結局中央値の集合体で、誰も利用しないのと同じですからね」

プレゼン中から、一人だけニコニコしながら話を聞いてくれる方がいることには気がついていた。いつも通り呆れられているのかと思っていたが、彼は本気で褒めてくれているようだった。

「あ、ありがとうございます！」

「はい、加藤さんありがとうございました」

時間が大幅に押していた為《ため》、司会の方の進行であっけなくフィードバックは終了した。

「それではこの後は、個別に審査員の方とお話をしたり、参加者さん同士が繋がる交流会へと移らせていただきます。コーヒーを用意したので、皆様よければ召し上がってくださいね」

スタッフがテーブルと椅子を動かすよう促し、参加者たちも一緒にテーブルと椅子を両サイドに移動させ空間を作った。

テーブルを動かしながらスミレは考えていた。自分のサービスに共感してくれたのはこれで二人目だとして、これまで出会ったＶＣが二十名とちょっと。十人に一人が面白がってくれるならば十分じゃないか。今や半分を割った日本の読書人口から考えてみても、十人に一人という数字はやけにリアリティがある。

　動かし終えたテーブルの上で、バッグの中身を探す素振《そぶ》りをしながらスミレは会場を見渡した。すでに他の参加者たちが審査員を囲んだり、参加者同士で情報交換をしていた。女性起業家という記号を目指し集まった私たちなのに、働き方もやりたいことも誰一人として同じ者などいない。「起業家」とは奇妙な集団だなと思う。

（私はどんな起業家になりたいんだっけ）

　集団から少し離れたまま、スミレは自分の心に問いかけてみる。今日のプレゼンの冒頭、自分から出てきた言葉に嘘はない。自分のサービスで大好きな読書の楽しさを広げてみたい、ただそれだけ。最後の審査員の方も言っていたように、万人に受けるサービスを作りたいわけではないはずなのに、連日ＶＣとの面談を続けていると、いつの間にか自分の目標が資金調達の達成にすり替わっているように感じる瞬間があった。

（ＶＣからの資金調達は、諦めよう）

　ここ最近自分の中に浮かんでいた選択に、ようやく決心が固まった。

自分が最初に信じた可能性に立ち返り、ＶＣからの資金調達は断念して、銀行借り入れのデットファイナンスにシフトしよう。一度心を決めてしまうと、ここまでエクイティファイナンスにこだわってきた自分が不思議に感じられるほど、霧のかかっていたスミレの胸は一気に晴れわたった。

会場を出る前に、今日のプレゼンのトップバッターを務めた高橋さんと話がしてみたかった。彼女の居場所を探すと、フィードバックで反応の良かったＶＣと名刺交換を済ませて会場を出るところだった。

(交流、しないんだ)

高橋さんを見て、彼女の動きを真似することにした。さきほど褒めてくれた審査員のもとへ勇気を出して近づいていく。ジェイミーからは、横の繋がりを作ってエンジニアを探せとアドバイスをもらったが、高橋さん以外に話してみたいと感じる人はいなかった。

「あの、先ほどはお褒めの言葉をいただきありがとうございました。選書のＡＩサービスについてプレゼンした加藤スミレです」

他の参加者と話が終わる頃合いを見計らい、恐る恐る話しかけた。

「ああ、加藤さん！　本当にいいプレゼンでした」

差し出された名刺を確認すると、そこには知らない会社名と代表取締役の肩書き、そして柏《かしわ》原《ばら》という名前が書かれていた。年は五十手前というところ。うっすら白髪《しらが》交じりの髪の毛と目尻のシワが年齢を物語っているが、年下のスミレに対しても敬語で丁寧な受け答えが、今っぽい若々しさとしてスミレには映った。

「柏原さん、てっきりベンチャーキャピタルの方だと思っていました」

「今日いた他の四名はVCなんですけどね、私は普段開発のエンジニア組織をマネージメントする会社を経営しています。今日は開発者の立場から審査員を務めていたんです」

「ということは、柏原さんもエンジニアですか⁉」

「もう僕自身はだいぶ手を動かしていないんですけどね、キャリアはエンジニアから始まりました」

ここまでエンジニア探しは十四連敗中だったので、柏原さんは初めてサービスに好感を抱いてくれたエンジニアということになる。ついに出会えた、一人目の賛同者！　興奮したスミレは早口で続けた。

「いまエンジニア探しに苦戦しているんです！　柏原さん、もしよければ一緒にサービス作っていただけませんか？」

「え？　あはははは、そんなにまっすぐスカウトされるのはいつぶりかな、僕も嬉しいです」

柏原さんはもう大御所で、現場からは退いており、本人が手を動かして開発を手がけることはほとんどないのだろうと、ちょっと考えれば分かることに喋ったあとで気がついた。

「資金調達とエンジニア探しに、随分と苦労してきたみたいですね。どのくらい前から会社を？」

「会社自体は去年なのですが、本格的に動かし始めたのは今から一ヶ月前です」

「一ヶ月！　それまではなにを？」

「コスメのスタートアップ企業でPRとマーケティングを担当していました。それまでは自分の会社はお遊びの副業感覚だったのですが、突然会社をクビになり、準備不足の中でここまでやってきている状態です」

「いやいや、一ヶ月でここまでの精度はすごいですよ。思いがね、伝わりました。あとは事業としても、ＡＩで選書をした後実際に本を届けるまで作品タイトルを伝えないというのが面白いなと思います。この未知な感じは自分へのギフトも含めたギフト需要で伸びそうだし、他のサービスにも横展開ができる。素敵な構想だと思います」

「ありがとうございます」

「それで、僕にエンジニアを依頼したいと思ってくれるのは嬉しいのだけど、お金はどうするの?」

「最初は銀行からの融資で乗り切ります。エンジェル投資家からのご支援もできれば。今日のイベントで、VCからの調達に諦めがつきました。借り入れは今から動き出すので着金の額やタイミングはまだ未定ですが、頑張ってみます」

「そうですか。応援しています」

また出た、「応援」。この言葉の残酷さを知っている分、柏原さんもスミレの前から立ち去るのかと思いきや、少しの沈黙を挟んで口を開いた。

「加藤さん、オフショア開発って知っていますか?」

「オフショア、ですか?」

「ええ。エンジニアは時給換算でのプロジェクトアサインなので、日本でエンジニアを雇うとどうしても高くなるんです。それに比べてオフショア開発は、日本国内よりも人件費が安い海外でエンジニアを雇うので、単純に時給が安くなるというメリットがあります。設計図さえしっかり描ければ、手を動かす人はそういった海外に外注するのもありだと思います」

日本のエンジニア単価が高いのは知っていたが、海外にアウトソースするという手段は考えたことがなかった。ただ、柏原さんが付け加えたように、そうなると設計図が極めて重要になる。優秀な指示者がいない限り、知識のないスミレにはオフショア開発はリスクが高そうだ。

「そんな方法があるんですね。選択肢として考えてみたいと思います」

応援という言葉を聞いてしまうと、期待して傷つくのが怖くて、無意識に心のバリアを張ってしまう。当たり障りのない応対でその場を凌《しの》ぐと、柏原さんが続けた。

「設計図までは僕がやってあげたいところだけど、あいにく今は現場を離れていて。ただ、この人に会ってみたらいいと思うよ」

柏原さんはスマホの画面を見せてくれた。

「僕も仕事で度々ご一緒している方で、バンさんといいます。オフショア開発の日本法人の代表を務めるベトナム人の男性です。僕から連絡を入れるので、後日アポを取ってみてください。僕から加藤さんをCCに入れてメールしますね」

柏原さんが見せてくれたオフショア開発の会社は、ベトナムのハノイに拠点があるそうだ。この夏どこへも出かけていないスミレは、海外に思いを馳せるだけでも気持ちが浮き立った。

柏原さんからのメールが届いたのは、ピッチイベントの翌日だった。一度オンラインで会いましょうというメールに二つ返事で希望日を返信すると、約束の日はあっという間にやってきた。

「あれ？　柏原さん？」

メールのやりとりでは、スミレとバンさんの二者ミーティングだと思っていたのだが、オンラインミーティングの画面にはなんと柏原さんも同席していた。

「いや、あれから加藤さんのサービスが頭から離れなくて。僕も久しぶりに自分でやってみようかなと思ったんです。お手伝いの形は、一旦作業をしながら考えましょう。僕は加藤さんの本気を、信じてみたくなったんです」

後からバンさんに聞いた話によると、ベトナムにはこの案件の設計図を任せられるプロジェクトリーダーが不在なので開発自体を断ろうとしていたのだが、柏原さんが自ら指揮を執ることを条件に、話がまとまったということだった。

人生のかけがえのない出会いは、いつ何時訪れるか分からない。ただ、一つ言えることは、必死で生きているとそうした出会いを強く引き寄せるということ。出会って間もない柏原さんだったが、きっと彼は会社にとって重要な人物になるだろうと、スミレはこの時から感じていた。

第三章　天使の羽　あと141日

「銀行からの借り入れで見られるのは返済の堅実性。とにかく堅実に、堅実にな」

ジェイミーからしつこいほど念を押された「堅実」について、スミレは銀行の融資窓口で考えていた。窓口の担当者は、サービス内容のヒアリングもそこそこに、スミレの事業計画書を見ながら規定のフォーマットに数字を当てはめる作業を続けている。銀行にとっての「いい事業」は、お金を返済できる事業。当たり前のことだが、慣れた手つきで電卓をたたく担当者を前に改めて実感させられる。

VCからの資金調達を諦め、銀行からの借り入れに作戦を変更してから、数社を見比べ金利が最も低そうな公庫に面談を申し込んだ。公庫とは国が運営する銀行で、創業期の起業家の多くが利用する。

VCとの面談では、株と引き換えに出資をしてもらうため、渡した株が何倍にも成長する期待感を抱かせる必要がある。鍵となるのはストレッチを効かせた、つまり実態より背伸びした事業計画だ。一方、銀行融資の面談はまた作法が異なるそうで、ジェイミーの助言通り修正を加えた保守的《コンサバ》な事業計画を携えて臨んだ。今やスミレの会社のファイナンシャル・アドバイザーと化しているジェイミーにも、お金を借りられた暁《あかつき》には対価を支払いたいところ。

「それで。金額はいくらで申請しますか？」

概《おおむ》ねフォーマットが埋まったのか、担当者が電卓を置きこちらを見た。

「はい。開発と当面の運転資金で、三千万円を考えています」

この金額は、創業融資の幅の中でも上限額に等しい。創業融資は金利も低いし、使わなければ手をつけずに返済に回せばいいだけだ。どうせ借金をするなら借りられるだけ借りてしまおうと考える起業家は、恐らくスミレだけではないだろう。

「皆さん最初はそう仰《おつしや》るんですが……この事業計画からすると金額は多くて一千万が目安でしょう」

やはり断られた。だが大金は大金だ。正直なところ一千万円と三千万円の金額の違いもよく分かっていない。

「それから、今回の創業融資は個人保証となります。仮に会社が倒産した場合、連帯保証人の加藤さん個人にそのまま借金が残りますが、その点は大丈夫ですか？」

もちろん、ここに来る前にそのくらいのことは調べていたが、面と向かって告げられるといよいよリアリティが強まる。ＶＣからの調達なら、会社がうまく立ち行かなくても出資者の株が消滅するだけで借金は残らない。ここがデットとエクイティの決定的な違いだ。

突如自分に近づいてくる「借金」の二文字。この気持ちはあれだ、これまで縁遠かった言葉が、突如自分に近づいてくるあの感覚。無職、ハローワークときて、今度は借金。まるで今年は厄年だ。三年後にやってくる本当の厄年を思うと今から笑えない。

「すぐにご決断されなくて大丈夫ですよ。面談のお時間もありますし」

スミレが押し黙ると、担当者がチラリと時計に目をやった。予約枠の三十分が経過したことに気がつくと、一度持ち帰って考えたいと告げ、公庫をあとにした。

コートなしでは肌寒い季節になってきた。クリーニングからおろしたばかりのトレンチコートを羽織ると、いよいよ年末に向けてのカウントダウンが始まるように感じる。春ぶりに袖を通すコートは、傷みが目立つのであと一年着たら新調しようと考えていたが、このコートにもあと数年は頑張ってもらわないと困る。

電車に揺られながら、スミレは最悪の事態を想像していた。もしも会社が倒産して、自分に借金が残ったら。きっと自分は会社員に戻るだろうなと思う。前回と同じ給与ベースで会社員に戻れたとしても、一人暮らしは諦めて実家に戻るのはマスト。家賃と食費は親に甘えよう。税金などをさっ引いても、生活を切り詰めて年間二百万円も返済できればいいほうだ。それでも、三年かけてやっと六百万円。三千万円なんて、とてもじゃないけど返す算段がつかない。さらには、三十代の貴重な時間を借金返済のために生きられるかという不安もある。そもそも、コート一着買えない人間が、数千万円の借金を検討している時点で無理がないか？

思考がネガティブな方向へ向かい始めたところで、電車のアナウンスが目的地を告げた。

（とりあえず、柏原さんに相談するか）

スミレは電車を降りると、周りから変な目で見られないよう少しだけジャンプをする。

アイディアピッチで柏原さんと出会って以来、柏原さんが借りるシェアオフィスに毎週のように足を運び、ブレストを続けていた。すぐに相談できるよう、銀行との面談もあえてこの時間に設定していた。

柏原さんとのブレストを始めてからというもの、スミレが一人で作り上げた手書きの構想は所詮絵に描いた餅、実装を前提とした瞬間、ほぼゼロベースからの再出発となった。

例えばこうだ。スミレの計画では、世の中にある本のデータすべてを、書籍の住所と言われるISBN番号で収集し、なんらかのロジックでジャンルを分ける。利用者が行う診断テストの結果と、年齢と性別を踏まえた上で、利用者と本を結びつけ、選書をする仕様を考えていた。肝心の本のジャンル分けについては漠然としていたが、著者、タイトル、出版年、ページ数など、分類するロジックはいくらでもあると、楽観的に考えていた。

「いや、本のセレクトは最初は極限まで絞りましょう」

これが、柏原さんから一番初めにもらったフィードバックだった。本の対象が多すぎるとそれぞれの本の特徴が出づらく、いつまで経っても最適化が進まずに選書の精度が上がらないのだという。

「絞るというのは、どうやって？」

「例えば、加藤さんの家の本棚にある本、とかでもいいんですよ。家にある本は何冊くらいですか？」

これには驚きだった。それは、スミレが今までやってきた選書サービスとまるっきり同じじゃり方だからだ。ＡＩを導入する目的は、お客様の選書依頼に人を介さず対応できるようにすることで、サービスの展開を広げるためだった。まさか自分の本棚にある本からスタートさせるなんて、振り出しに戻されたかのような衝撃的な内容だった。

「テクノロジーに頼ると、人はどうしても多くの情報を入れたがります。でもね、使うのは結局人なんです。一万冊の中から選書された自分の興味のない本と、百冊の中から選書されたなんだか面白そうな本。スミレさんはどちらを読みたいですか？」

「それはもちろん、面白そうな本です」

「そう。開発をする時、サンプルは多い方が精度が高いと先入観で思い込んでしまうのですが、大切なのは一人でも多くのユーザーに喜んでもらうこと。そのためには、緻密なロジック以上に、作る人の意図やマーケティングが重要になってくるんです」

「でも、それじゃあＡＩ必要ないですよね？」

「あれ？　僕、ＡＩを使って開発するなんてまだ一言も言ってませんよ？」

混乱の二文字が浮かぶスミレの顔を見て、柏原さんは笑った。

「みんな好きですよね、何億通りとか数百万種類とか。母数を大きくすればするほど、人は運命を感じやすいんです。人との出会いもそうでしょ？　でも人生で読める本の数なんて、たかが知れてます。だったら母数に頼らず、一冊がどうやって選ばれたらユーザーを笑顔にできるか、そういうことを考えていきましょう。手段は後から考えることです」

こんな調子で、初回のブレストから完全に柏原さんのペースに飲み込まれていったわけだが、ブレストの回を重ねる度サービス開発がスミレの想像とは異なる方向へ進んでいく過程は、目的地のない気ままな旅のようでとても心地良かった。まだこの世にないものを、誰かと一緒にゼロから作り出す時間。それは大袈裟ではなく、今のスミレの生き甲斐だった。

「おつかれさまです」

イヤホンがデスクに置かれ、柏原さんがミーティング中でないことを確認すると、スミレは元気に声をかけた。これまで挨拶なんて気にも留めたことがなかったが、「おつかれさまです」に込められた身内特有の距離感が、最近のスミレのお気に入りだ。

「今日公庫に行ってきました。そしたら、多くて一千万の借り入れが限度だって言われました」

「お、すごいじゃない」

「すごいですか？」

「すごいよ！　だって資金調達を始めて、金額を提示されたのは初めてですよね？　現実味が増してきたってことです」

「そうか、そう捉えることもできますね」

資金調達の連敗で疲弊していたスミレも、どこまでも前向きな柏原さんのおかげで持ち前の元気を取り戻しつつあった。

「それじゃあ始めましょうか。前回はBooktique構想の骨子まで決まったので、ここからは機能のディティールですね」

「今日もメモ持ってきました！」

柏原さんとのブレストでは、いつもスミレの手書きメモを使う。稚拙なメモを持ち寄ることに当初はためらいを感じていたが、柏原さんからもらった「徹底したユーザー目線のＵＩ（＝ユーザーインターフェイス）へのこだわりが秀逸」というお褒めの言葉にすっかり気を良くし、今では自分の思いをどれだけ鮮明に相手へ伝えられるかに全力を注げるようになった。言い出しっぺのスミレ、エンジニアの柏原さん。職種や経歴はもちろん、年齢も性別もまったく異なる二人が揃うと、本当に新しいものを生み出せるような気がしてくる。

四時間近く続いたブレストは、柏原さんのお腹が大きな音を立てて鳴ったのでおひらきとなった。特段二人で決めたわけではないが、いつもどちらかの集中力が切れるタイミングが終わりのサインになっている。柏原さんの貴重な時間をいただいている手前、時間は一分も無駄にできない。隅々まで使った脳細胞は、ブレストが終わる頃には熱く膨張したような感覚になる。

「さむっ！」

ビルの外に出ると、あまりの寒さに独り言とは思えないほど大きな声が出た。コートのポケットに手を入れて駅を目指す帰り道、居酒屋を目指す楽しげなビジネスマンたちとすれ違うと、寒さをより強く感じさせた。

（いいなあ、華金で飲み会かぁ）

社会に出てから、スミレは生きるお金に困ったことがなかった。決して金持ちではなかったが、毎月決まった日に給料が振り込まれ、好きなものを買い、それなりに積み立てもして。なのに今では、スマホアプリで預金残高を小まめに確認するのが日課だ。お金がないからお金のことばかり考えてしまう悪循環は、精神も消耗させる。その証拠に、道ゆくスーツ姿の人々には全員嫉妬を覚えてしまう。金曜十九時のオフィス街は、駆け出しの起業家には些《いささ》か眩しすぎた。新作のコートがずらりと並ぶ駅ビルのショーウィンドウに、なるべく視線を向けないよう、スミレは急ぎ足で改札を目指した。

プリンシパルの松山さんは、約束通り本当にエンジェル投資家を紹介してくれた。実態のない「応援」の言葉に何度も胸を痛めてきたからこそ、口約束を実現させてくれる存在はとても貴重だ。

エンジェル。初めて聞いた時はなにかの冗談かと思ったが、個人の投資家を英語でAngel Investorと呼ぶそうで、れっきとした正式名称であることには驚いた。ジェイミーによれば、エンジェルは創業初期の起業家に対し数百万から数千万程度の出資をするのが通常で、そのほとんどが相手の人柄に対しての投資だそうだ。事業の成長性なんて、始まってみないと分からない部分が多い。だからこそ、エンジェルは失敗しても諦めずに続けられそうな人、サービスに熱い想いを持つ人に賭けるのだ。

柏原さんとのブレストがない日は、スミレはサービスの運営体制を整えるための提携先探しに奮闘していた。Booktiqueが動き出したら、これまでのようにいちいち手作業で郵便局から発送をする訳にはいかない。インターネットで本の発送業務を請け負ってくれそうな会社を探してアポを入れ、現地での商談を繰り返していた。

当然のことながら、広大な荷受けと出荷スペースを要する発送会社の拠点は、大抵が郊外にある。移動だけでも片道一時間半の道のりはざらで、スミレは文字通り関東中を駆け回った。

松山さんに紹介されたエンジェル投資家との約束は、そんな毎日の隙間にぽんと降ってきた。

その日も朝から千葉のはずれに行ってきたばかりで、睡魔と戦いながら、コーヒー一杯三百円のチェーン店に入り席を確保した。今年もあと三ヶ月とちょっと。少しの出費でも削らないと、年末までの資金が尽きてしまう。

「カフェのチョイス、渋くていいですね」

スマホアプリで預金残高を見つめていると、目の前から話しかけられた。スウェットにチノパン、首にタオルをかけた男性だった。秋の深まる東京の真ん中で、素足にビーサン、髪の毛も少し濡《ぬ》れている。

（え？　この人？）

あまりに想像と異なる人が現れたので人違いかと思ったが、にこにこしながら名乗った山村《やまむら》という苗字は間違いなく件《くだん》の相手だった。想定外の風貌に、眠気は一瞬で吹き飛んだ。

「ちょうどプール帰りなんです。ごめんなさい、こんなラフで」

（プール？）

個人の投資家と聞き、スミレは勝手にブランドスーツに身を包んだ大人の男性をイメージしていた。目の前にいる男性はそのまるで逆。年齢は高く見積もっても四十手前。ファッションはラフというか、ラフすぎる。失礼だが、資産家には到底見えない。

「今日はお時間をいただきありがとうございます。ＶＣの松山さんにご紹介いただいた加藤スミレと申します。エンジェル投資家の方とお会いするのは初めてで、どう進めていいか分からないのですが……」

半信半疑で話すスミレに、通常のＶＣ面談と同じスタイルで良いと言うので、ラップトップ上で資料を見せながらサービス説明を始めた。

「……当初BooktiqueはリリースリリーＡＩでのサービス提供を検討していましたが、エンジニアとブレストを重ね修正を加えました。厳選した本の中から『あなたにあった小説』が紹介されるセレクトショップのオンライン書店版のようなイメージで、まずはβ《ベータ》版を開始します。β版の間は選書料を無料にして、ユーザーにたくさん触っていただいたデータの中から傾向を分析、のちのち選書料も加味した金額に改定してグランドオープンする予定です」

「へえ」

「次にターゲットの考え方ですが、日本の読書人口に、二〜三十代のビジネスパーソン、そして六十五歳以上の定年退職後の男女のボリュームを加味してTAMは四千万人、独自の試算からSAMとSOMは……」

「うんうん」

これまでの資料に、柏原さんと磨き上げた構想と精緻なターゲットが加わり、事業説明は一層現実味を帯びてきていた。ターゲットの考え方については、資金調達の際によく用いられるという覚えたてのTAM（その事業が獲得できる最大の市場規模全体）・SAM（その事業が実際に獲得できる可能性のある市場規模）・SOM（その事業が実際にアプローチできる顧客の市場規模）を用いて説明した。スミレとしては上出来だ。

謎の男、もとい山村さんは、相槌を打って熱心に話を聞いてくれた。スミレもここへ来るまでだてに場数を踏んでいない。たとえこの後厳しいフィードバックが待っていようと、今は真正面から受け止められる気がした。

「ありがとう！　冒頭で話してた『読書をもっと楽しくしたい』というビジョン、これが分かりやすくて特にいいね」

　山村さんから出てきた一言目は、なんと柏原さんからもらったフィードバックと同じだ。

「ありがとうございます！」

「で、いくら必要なの？」

「まずは当面の運転資金と考えているので、エンジェルの方には百万円でご相談したいと……」

「え？　百万でいいの？　いいよ、僕エンジェルやるよ！」

「え？　でも……」

「だって、お金もらいにきたんでしょ？」

「そうですけど……」

　拍子抜けというか、あまりに展開が早すぎて頭の中に大きな「？」と「！」が交互に浮かぶ。

（この人何者？）

（ほんとなら初めての投資決定だ！）

（会って間もないのに信用して大丈夫？）

（もうなんでもいいから、出資を決めたい！）

ここは正直に尋ねるしかない。

「あの、失礼を承知で伺いますが。山村さんは何者なのでしょうか？」

「あぁ、そうだよね」

山村さんは首にかけたタオルで頭をぐしゃぐしゃっと拭き直し、タオルをバックパックにしまって話し出した。

「僕は松山さんと付き合いが長いから、松山さんが紹介してくれた時点で大方投資には前向きで来たんだけど。加藤さんにとっては意味不明だよね」

差し出された名刺には、代表取締役・ファウンダーという肩書きと共に、見慣れたサイトのロゴが印字されている。スミレでも知るその有名企業は、若者を中心に人気を集める比較的新しいECサイトだった。

山村さんは、学生時代から起業家を志し、大学卒業とともに仲間とインターネット広告の会社を起業。三年前に会社が上場したタイミングで会社を去った。半年ほど旅をしてのんびり気ままに暮らすうちに今の事業を思い立ち、二年前に会社を創業。一社目の売却益を二社目の資本としながら、エンジェル投資家としての支援も同時期に始めたため、現在では既に十近い会社にエンジェル投資を行っているという。

輝かしい経歴に呆気《あっけ》に取られるが、ここは何か言わないと。

「すごいですね。一度起業した会社が上場したのに、また会社を興すなんて。超人です。私の場合こんなに大変だと知っていたら、一社目すら起業していなかったと思います」

「あはは。でもほら、現に起業して動いてるでしょ？」

「それはそうですけど……」

「口だけの起業家ならこの世にたくさんいるけど、結局動く人って一握り。行動でしか人は語れないから、僕は基本的に創業後の起業家にしか投資しないんだ」

「山村さんは、一社目を創業された時のこと、覚えていますか？」

「そりゃもちろん！　とにかくお金がないのに、やってやるぞっていう鼻息だけは荒くて。シェアオフィスなんて概念もまだ定着していない時代だから、実家で登記して作業場はマクドナルド、創業メンバーと毎日いろんなマックに行ったなあ」

山村さんのように、会社を複数起業する人を連続起業家、シリアルアントレプレナーと呼ぶ。偉大な起業家の思わぬ苦労話に、スミレは勝手に親近感を覚えた。

「創業期の大変さを知っているのに、なんでシリアルアントレプレナーの道を選んだんでしょう？」

「これはもう当事者にしか分からないと思うんだけど。一度起業を経験したら最後、一生起業家だから」

「ほんとですか？」

「ほんとほんと！　加藤さんもいずれ分かるよ。こんなに楽しくてスリリングなことって他では見つからないのよ。旅だってすぐ飽きちゃう、お金は使うより生み出す方がいいんだよな」

山村さんはウンウンと自分の言葉に頷いているが、スミレには雲をつかむような話だった。労働はお金とのトレードオフだとばかり思っていたが、山村さんを見ているとそれだけではない気がしてくる。世界にはきっと、スミレの知らないマネーゲームがたくさんあるのだろう。

「で、僕の自己紹介はこんな感じなんだけど、加藤さんは僕でいいかな？」

「はい！　あの、ぜひ、喜んで！」

スミレは急いで立ち上がり、深々とお辞儀をした。顔を上げると、百万円分の安堵が一筋の涙となって、スミレの頬を伝っていた。

あとの細かいやりとりは後日メッセージでということになり、山村さんは風呂に入らないと風邪《かぜ》を引きそうだと言って立ち上がると、先にカフェを出て行った。自信家でマイペースなのに、威圧感のない、不思議な魅力を持つ人だった。

（今の事業が万が一成功しても、私は二度と起業なんてしないだろうな……）

シリアルアントレプレナーの気持ちは理解できなかったが、窮地に追い込まれた自分のような人間に手を差しのべられる存在の大きさには、憧れを抱かざるをえなかった。

出会って三十分の人間に、百万円を託す気持ちってどんな感じなのだろう。スミレの前に現れたプール上がりのエンジェルは、背中に羽こそ生えていなかったが、次元の違う世界に住む生きものという点では、本物のエンジェルのように感じられた。


柏原さんは突如立ち上がり、近くのホワイトボードに猛烈なスピードでなにかを書き始めた。

十月も下旬に差し掛かる頃、毎週続けてきたブレストはクライマックスを迎えていた。

「ではまず、Booktiqueが大切にするのは『あなたのためにお薦めされた』というユーザー体験にアナログではない手法で挑戦すること、サービスのゴールはここでいいですね？」

「はい！」

「インターフェイスは、探すような能動的行為よりも、診断テストのような受動的でゲーム的なものを、これもＯＫ？」

「はい！」

「では最後に、アクセス数を獲得して育てていくメディアではなく、あくまでも書店という位置付けから、選書した本を家にお届けするＥＣサービスで良いですね？」

「その通りです！」

「じゃあやっぱり、まずは百冊、アナログで素敵な本を選びましょう。診断テストはグランドオープンのタイミングで有料化するので、何回も試すユーザーは少ないでしょうから、届く一冊をかけがえのないものにしたいですよね。百冊くらいなら、診断テストである程度傾向が見えてくるんじゃないかな」

「分かりました、私がその最初の百冊を考えます。百人の方に、大切な本をインタビューしてみようと思うんです。ジャンルは小説でもいいし、もっと絞ってミステリー小説とかでも。スタート時点では量で勝負出来ない分、誰かにとっての大切な本の中から、あなたのお薦めが見つかるというコンセプトの本屋にしたいんです」

「いいと思います。では、ここからの具体的な設計は僕の出番ですね。一度預かります」

　ホワイトボードに書き足された、スミレには解読不可能な図式を、柏原さんはよしよしと何やら呟きながら写真に撮っていた。ブレスト相手は買って出たものの、まさか自分が実際に手を動かすことになろうとは、当初柏原さん自身も想像していなかったらしい。毎週健気《けなげ》に通ってくるスミレの強い熱意に根負けしたのと、説明コストを考えると自分で手を動かした方が早いと考えたようだ。

「あとはタイミングですね。加藤さん、いつ頃のサービス開始を考えていますか？」

「年内にと思って動き出したんですけど、出だしで躓《つまず》いた分遅れていて。遅くとも来年頭には開始出来ていたら嬉しいです」

「とすると、今が十月、開発期間を三ヶ月としても来月には開発に着手しないとね。まずいなぁ……」

「まずいですか？」

「僕が設計図を書いたとしても、結局作るのはベトナムのエンジニアチームなんです。となると、後払いでよろしく、とはならなくて。開発着手のタイミングにお金が間に合うか、加藤さんの借り入れが少し心配になりました」

柏原さんの話によると、少なくとも今月中には融資を決定させ、来月十一月頭から開発を動かし、遅くとも月末の最初の支払いに間に合わせなくてはいけないという。

「大丈夫です、やります！」

お金に関しては、もう何度も落ち込んで、その度に立ち上がってきた。そろそろ終わらせなくてはいけないと思っていた中でのタイトなスケジュールは、むしろ好都合。物は考えようだ。

「ちなみに、私が今やりたいことを全て叶えるにはいくらくらいかかりますか？」

「やり方にもよるけど、まぁ五～六百万はかかりそうだね」

「やっぱり、それくらいしますよね。実は、公庫と面談したとき、もしもの時に自分に降りかかる借金を想像して怖くなったんです。情けないこと言って申し訳ないです」

「いやいや、初めての借り入れが怖くない人なんていないですよ。それじゃあ、まず加藤さんが責任を持って借りられる金額に開発内容をすり合わせていきましょう。いくらなら大丈夫そうですか？」

「えっと、最大で四百万円くらいなら頑張れるかと。そこにエンジェル投資家の山村さんからの百万円を合わせて、お約束できるのは五百万円です」

柏原さんは怖気付《おじけづ》くスミレを責めなかった。運転資金を残しながら、まず二百万円。最低限のスペックでβ版を完成させることで話はまとまった。

　大切な時間を割いているのに、得られるお金は小さく、やることは多い。柏原さんは、突如現れたスミレの救世主であることに間違いないのだが、その優しさの理由を今ひとつ分からないでいた。

「あの……、ずっと気になっていたんですけど」

「どうかしました？」

　柏原さんはブツブツと独り言を言いながらホワイトボードを消していた。

「なんで、今回のお話を受けてくださったんですか？　柏原さんにとっていい話なんて一つもないですよね？」

「え？　そんなの単純です。加藤さんの目指す世界に共感しました。『自分のためにお勧めされた本が買える書店が作りたい』、僕もこれはあったらいいなって思ったんです」

「それだけですか？」

「それ以外に、何か必要ですか？」

「会社の株とか、役職とか、そういう生々しい話が全然出てこないので」

　柏原さんはホワイトボードを消す手を止め、スミレの方を向くと目を見開いた。

「あははは！　そんな話、今してもしょうがないでしょ。まだ始まってもいないのに！」

「でもなんだか、いただいてばかりで申し訳なくて」

「僕は今、生きていくお金は稼げているし、自分が納得のいくキャリアも描けています。でもね、人生を賭けたいと思える夢が自分から湧いてこないんです。それが僕の弱点。だから、言い方は悪いかもしれないけど、加藤さんの夢に乗っからせてもらってる立場でもあるんですよ。申し訳ないなんて思わないでください。その代わり、このサービスを絶対に成功させましょう。本気でやってください」

「柏原さん……」

スミレはぐっと涙を堪えた。近頃どうも涙腺が緩い。

「五百万円だって加藤さんにとっては一世一代の出費です。心を込めて頑張らないと。それにね、最初から派手に作ってコケるより、堅実でよっぽどいいですよ」

「もしかして！　これがＭＶＰってやつですか⁉」

一人では実現不可能だった未来が、人との出会いによって可能になってゆく世界線。起業家になってよかったと心から思えたのは、今日が初めてのことだったように思う。

第四章

やめたい逃げたい

あと102日

ひとたび金額が決まってしまえば、公庫の借り入れ申請はあっけないものだった。

VCからの資金調達で続いた連敗のせいで、お金を借りることに人一倍苦手意識を持っていたが、初期投資の金額と返済計画さえ紙一枚にまとめることができれば、あとは担当者に託して稟議《りんぎ》を待つだけ。簡単すぎて逆に不安になり、面談で名刺交換をした公庫の担当者に、メールと電話の双方向で追いかけて確認したほどだった。担当者は律儀に対応してくれた。

「この前の面談の際、サービス開発や金額規模を社長自ら隅々まで把握されていたので、私としても信頼できる方だと感じております」

社長と呼ばれることにはまだくすぐったさがあるが、褒めてもらえたことで、大きく遠回りした資金調達の道のりも少し報われたように感じられた。こんなことなら最初から融資にすればよかった……と思いかけて、借金の二文字が頭をよぎり撤回する。

まずは四百万円。これが今のスミレの精一杯だ。

最初の面談で提示された最大一千万円の融資枠に挑戦する計画を考えたことがないわけでもない。だが、日に日に増していく精神的不安と折り合いのつく額を見定めた結果、この金額ならば、万が一の時にも対処できると考えた。

公庫からの融資もほぼ内定し、山村さんからの百万円と合わせて、五百万円を確保することができた。開発着手は問題なく進められそう、なのだが。

スミレはまだ、エクイティでの資金調達を諦めきれていなかった。

柏原さんが加わり、自分の事業が具体性を見せ始めたからこそ、会社の株に価値を感じてもらいたかったし、ここへ来て自分でも知らない負けず嫌いな一面が顔を出していた。以前のスミレからは考えられない不屈の精神。クビ宣告から半年も経っていないのに、最近自分の性格がどんどん変わっていくのが面白い。

ただ、VCからの調達は連敗が続いている。これまで通りに続けても突破口は見つからないだろう。そんなスミレには、ある一つの作戦が浮かんでいた。

「あ、もしもし、ジェイミー？　ごめんね突然」

多忙なジェイミーのレスポンスが唯一早くなる、平日夜遅めの時間を見計らって電話をする。

耳にあてた通話スピーカーから、眠そうな声が聞こえてきた。

「スミレちゃん、公庫の借り入れ決まったって？　おめでとう。いくら？」

「ありがとう。四百万円だよ」

「おー！　最初にしては上出来だろ、おつかれ」

借り入れが決まったことはあらかじめメッセージで伝えていたが、すぐに金額を聞くあたりがジェイミーらしいなと思う。

「ありがとう。それでね、今日電話したのは新しい相談があって」

「はいはい、お次はなんのご用件でしょうか」

気怠《けだる》い返事とともに、ソファにどすんと腰を下ろす音が聞こえた。多忙な友人の一日の終わりに仕事の話を持ちかけるのはもちろん本意ではないのだが、背に腹は代えられない。

「ＣＶＣってどう思う？」

「え？　ＣＶＣ？」

スミレは、ここ最近温めてきたある作戦をジェイミーに打ち明け始めた。

CVCとはコーポレートベンチャーキャピタルの略称だ。事業会社の内部でベンチャー企業への投資活動を行う機関のことを指す。出資による株式の取得で、将来的なキャピタルゲインを見据える考え方は通常のVCと変わらないのだが、自社のサービスとのシナジーや社風への共鳴、協業可能性に重きを置くのがCVCの大きな特徴だ。食品メーカーならば食×テクノロジー、アパレルメーカーなら新進気鋭のデザイナーズブランドなど。母体が大きい老舗企業では、新規事業の小回りが利きづらくなる傾向があるため、CVCとして外部の会社に出資することで、自社の可能性も引き出そうという狙いがある。

「あんなに苦しんでたのに、まだ資金調達するの？」

「ほんとだよね、自分でも笑っちゃう」

「スミレちゃんの執念は、なんというか、本当に感心するよ」

「執念なのかな？」

スミレがCVCに魅力を感じたのは、先日のとある商談がきっかけだった。

本の卸し先として提携の話を持ちかけるため、都内で複数の書店を経営する会社との商談に訪れた際、担当者が雑談中に発した一言にスミレは閃《ひらめ》いた。

「そのサービス、うちの会社で始められたらよかったなあ」

（……その手があったか！）

これまでは本の話を始めるだけで、出版や書店は斜陽産業だからと断られ続けてきた。だが、すでにそれらを生業《なりわい》にしている会社であれば、再三聞かれて答えを見つけられなかった「なぜ本なのか」の議論を挟まず、本の新しい未来を一緒に描いていけるはず。

これだ！

スミレは思いついた瞬間から早速調べ始めた。書籍に関わる会社に広く目を向けてみればCVC事業を展開する会社は数社あるようで、スミレはすぐに面会希望の連絡を送った。

「そういう訳で、本関係のCVCならまだ勝機もあるかなって思えたの！」

「……」

「ちょっとジェイミー、私の話聞いてる？」

「スミレちゃん、だいぶ起業家っぽくなってきたね」

「そう？」

「スミレちゃん知ってる？　うまくいくサービスの特徴」

「何それ」

「うまくいくサービスっていうのは、作ったサービスで作った自分自身を救うんだってさ」

「それが、どうかしたの？」

「スミレちゃん見てると、本当そうだなあって思うんだよね」

「そんなかっこいいもんじゃないよ、ただのエゴ。自分のサービスにどんどん気持ちが入るとさ、誰かに認めてもらいたいし、認めてもらえると思っちゃうみたいなんだよね」

「いいんじゃない？　ＣＶＣ。俺も応援する」

「本当に⁉　ありがとう！」

これまでに味わってきた失敗の数々。その度に次の手を考え、また失敗して、それでもなおやり続ける。世の中には、本当は失敗なんてないのかもしれない。成功とはただ続けること。

その「続ける」がきっととてつもなく難しいのだ。

「そういえば、川島《かわしま》の結婚式はスミレちゃんも来るんだよね？」

……やばい。完全に忘れていた。

たしか招待状を受け取ったのは会社をクビになる直前。高校の同級生同士が結婚するとあって仲間内でも大いに盛り上がり、大手を振って出席の返事を送ったのが、もう五ヶ月も前のことになる。ジェイミーは新郎側のゲストで、スミレは新婦側のゲストだった。

「その調子だと忘れてただろ？　絶対来いよ。この前川島に会ったらすごい楽しみにしてたから」

電話をスピーカーフォンにすると、スミレは慌ててスマホのカレンダーを見る。

確かに、日曜日の午後は半日「結婚式」で予定が埋まっていた。

「そうだった！　危ない危ない」

なぜ気がつかなかったのだろう。幸い今週末は予定を入れていなかったが、CVCの面談に向けた資料作りをしようと考えていた。結婚式で日曜日が実質丸一日潰れるとなると、土曜日までに資料を完成させなくてはいけない。

「スミレちゃん、今週末の予定を把握できてないって相当やばくないか？　働きすぎ」

「大丈夫大丈夫、体は丈夫にできてるはず」

「とか言ってる奴《やつ》が一番危ないんだから。CVCもいいけど、とりあえず、週末は息抜きのつもりで絶対来いよ」

電話を切ると、スミレは急いでクローゼットを開き、結婚式用のドレスを確認する。

（ええっと。このドレスはマキとナギサの時に着たし、これはユカの時、こっちはハルカの時……ハルカの披露宴にいた人は今回ほとんどいないはずだから、こっちのドレスか）

二十代後半を過ぎたあたりから、結婚式へのお誘いは一気に増える。去年は四回、今年は今回の式を入れて三回。来年もきっとたくさん呼ばれるだろう。ドレスはなるべく被《かぶ》らないよう三着を着回していたが、このままではいよいよ足りない。式を挙げない選択も増えている中で、古くからの友人を集めて会を催してくれるというのは有難い。だが、昔から妙に知り合いだけは多いせいで、自分が呼ばれる理由の分からない式も中にはあった。その度に降りかかる三万円という生々しい出費を、これまでは深く考えないようにしていたが、今のスミレは違う。十年来の親友の式とあって今回祝福の気持ちは誰より強いのに、素直に喜ぶことができないほどに経済状況は逼迫《ひっぱく》していた。

クローゼットからブルーのドレスを取り出しベッドに置くと、隣に腰掛けアプリで貯金残高を確認する。残り、五十万円とちょっと。来年の生活費は別口座に移動させたので、年末までの残り三ヶ月弱はこの中から工面しなくてはいけない。家賃と食費でほとんど消えることを考えると、少しの油断も許されない。

（もう、これしかない）

スミレはクローゼットに視線を送る。

一晩寝たらせっかくの決心が揺らいでしまいそうだったので、すかさず立ち上がり、大きなビニール袋を用意した。クローゼットを全開にして腕まくりをすると、ここ最近着ていなかった洋服をひたすら取り出していく。悩んだら売る。三万円という金を得るためには、苦労して買ったブランド品も容赦なく袋に詰めなくてはならなかった。

　旅行先でカフェの店員にほめられたカシミアのニット、初めての冬のボーナスで奮発したハイブランドのワンピース、彰との焼肉で穿いたスカート、洋服を袋に入れるたびに、買ったときのことや出かけた場所の記憶が蘇る。一つずつに思いを馳せていたら、手放すことなんて到底できなくなりそうだ。思いの詰まった洋服たちを迷いなく差し出せるほど大切な夢に出会えた自分を、今は肯定するほかない。

　深夜に突如始まった断捨離は、一時間かけて二袋にまとまった。明日の朝一で買取ショップに持っていこうと玄関に並べると、見た限りではゴミも同然だった。お金ってなんなんだろう。目標の三万円を目指して靴箱の断捨離も始め、くたくたでベッドに倒れこんだ時には深夜二時を回っていた。

「おめでとうございます」

披露宴会場の受付で手渡した祝儀袋の中には、断捨離で手に入れたなけなしの金が入っている。買取金額は二万二千円。目標の三万円には一歩及ばず、泣く泣く八千円を預金から切り崩し、ピン札三枚に換えた。

結婚式の誘いを金欠で断れる人は、どれくらいいるのだろう。急な出張だと嘘をつくことだってできたが、友人を騙《だま》して式を欠席するくらいなら貧乏の方がまだましだと思った。この式が終わったら、役目を終えた今日のドレスと靴も売って少しでも差額を減らすつもりだ。

(さようなら、私の三万円)

祝儀袋と引き換えに、披露宴の席次表が手渡された。ここまできたのだ、もう気分を切り替えるしかない。この日のために、昨日は明け方四時までかけて資料作りも目処《めど》をつけた。今日は友人の晴れ姿を見ながら、たくさんお酒を飲もう。久しぶりにまともなご飯を食べられることも喜ばしい。

　席次表に書かれた、懐かしい名前の一つ一つを確認しながら歩いていると、後方から聞き慣れた声で誰かに呼ばれた。

「いたいた！　スミレー！」

　深鈴《みすず》と千穂《ちほ》だ。スミレと新婦を含めた四人でしょっちゅう集まっていたが、最後に会ったのはもう半年ほど前。あれはたしか、スミレがクビを宣告される前日のご飯だったか。自分が連絡を怠り疎遠になってしまった事に対して、スミレはずっと罪悪感を抱えていた。

「もう、全然連絡ないから心配してたんだよ！」

　四人の中で一番しっかり者の深鈴が、スミレの肩を抱きながら顔を覗《のぞ》いた。深鈴は長身で、学生時代から目を引く美人だったが、その美貌は三十を前に衰えるどころか輝きを増していた。ハーフアップでセットした明るいベージュの巻き髪が揺れると、高そうなシャンプーの香りが漂う。

「元気だった？　会えて嬉しい！」

　隣にいた千穂が、スミレを柔らかく抱きしめる。結婚以来ナチュラルメイクを通す千穂だが、今日は濃いめのアイラインに黒のセットアップ、ヒールを合わせぐっと色っぽく見えた。

「久しぶり、全然連絡できなくてごめんね」

着慣れたドレスに、いつもと代わり映えのしないダウンヘアのスミレは、自分はずいぶんと派手なメンバーに属していたんだなぁと圧倒された。会社をクビになってから、ジェイミー以外の友人と会うのは今日が初めて。距離感がうまく摑めず、ぎこちないまま控室を目指し歩いた。

(私ってどんなキャラだっけ?)

スミレの心配をよそに、深鈴と千穂はテンポの良い会話で盛り上がっている。

「ねぇねぇ、あれ誰?」

「え、三好《みよし》くんだよ。いたじゃんクラスに」

「あんなにかっこよかったっけ?」

「確かに、なんか洗練されたね」

「彼女いるのかなあ」

「あ、旦那さんに言いつけるぞ~」

久しぶりに顔を見せたスミレの緊張を察し、大袈裟に明るく振る舞ってくれているのだろう。

二人の気遣いが温かい。

　高校の同級生同士の結婚式とあって、控室はプチ同窓会さながら、それぞれが小さなグループを作り、近況報告や思い出話で盛り上がっていた。新郎側の来賓にジェイミーの姿を見つけたが、深鈴と千穂がウェルカムドリンクのバーカウンターを目掛けてずんずん歩くので、ジェイミーが気づく前にその場を通り過ぎてしまった。

「それじゃあ、花苗《かなえ》の結婚に」

　グラスを手に取ると、三人は小さく乾杯をした。緊張を早く解こうとスミレがシャンパンを一気に飲み干すと、深鈴と千穂が笑ってくれたので嬉しかった。ジェイミーが電話で言っていた通りだ。今日だけは会社やお金の不安は一旦忘れ、思い切りはしゃいで息抜きしよう。

「で？　スミレは最近どうしてるの？　私たち、会うたびにいろんな噂してたんだよ」

「そうそう、束縛男に引っかかったとか、本気のダイエットに燃えてるとか」

「マルチに手出したとか、起業した会社で資金調達してたりして、とかね」

「え、当たり！」

「うそ⁉　やばい男に引っかかった？」

　スミレは思わず笑ってしまう。

「いやいや、そっちじゃなくて資金調達の方。ほら、私会社作ってみたって話、前にしてたでしょ？」

「ああ、選書の本屋さんでしょ？」

「そうそう。そっちに一本化したの。実は、ずっと働いてたコスメのスタートアップ、業績不振でクビになっちゃって」

クビ。恐る恐る口に出して二人の顔を盗み見たが、なんだそんな事かと、深鈴と千穂は全く気に留めていない様子だった。むしろ、恰好《かっこう》のゴシップネタを失ったことを残念がっているようにさえ見える。

「最近よく聞くようになったよね、クビとかレイオフとか。うちの会社も、つい最近来年度の新卒の募集人数が半分に減らされるって決まったばっかりで。不景気真っ只中って感じ」

深鈴は大手企業の人事で働いている。仕事柄その辺りの情報に詳しいのだろう。

「実は、私も結婚してから、仕事とプライベートのバランスにずっと悩んでてて。先月転職したばっかりなんだ」

新卒で銀行に入社、二十七歳で結婚、堅実な道を歩んでいた千穂も転職をしたとは驚きだ。

突然のクビ宣告を受け、一人で殻に閉じこもりいじけていたが、三十歳を目前にそれぞれが自分の居場所で悩みを抱えている。恥ずかしくて伝えられないでいたクビの話は、そこまで躊躇《ため》わなくてもよかったみたいだ。

「で？　なんで資金調達だったの？」

少しだけ残ったシャンパングラスを手持ち無沙汰に揺らしながら、千穂がスミレに尋ねた。

「なんでだろうねえ。最初はお遊びだった選書の本屋さんが思いのほか楽しくって、これで食べていけたらなんて幸せだろうって考えてたら、もう体が動いてたわ」

「スミレらしい、行動力だけは人一倍だもんねえいつも」

「うん、スミレが起業したって聞いた時のこと思い出すわ。すっごい驚いたもん。うちの高校で起業するなら、ほら、畑中《はたなか》くんとか、結城《ゆうき》さんとかさ」

深鈴に続けて、控室にいる同級生たちを見渡しながら千穂がぼそりと言った。

確かに、スミレは自分でもいわゆる起業家タイプではないと思う。ただ実際に自分で動いてみて、起業家に向き不向きがあるとは思えなかった。やるかやらないか、ＶＣの相馬さんが言っていた通り多分大切なのはそれだけ。

「まあさ、会社がどうであろうと、私たちは変わらないから。資金調達とか良く分かんないけど、話くらいはいつでも聞くからね！」

「そうそう。突然連絡途絶えたら、次こそ変な噂広めるから」

「二人とも、ありがとう」

親友たちとの再会に、無理してでもやっぱり来てよかったと心底思った。

「それよりさ、ウェルカムドリンクっておかわりできるのかな?」

空になったグラスを指差しながら、深鈴が話題を変えた。

「え? なんか一人一杯っぽくない? 私さっきから飲み干さずに我慢してるもん」

なるほど。千穂がグラスに少しだけ残したシャンパンには、そういう事情があったのか。

「誰も二杯目もらってないし、だめなんじゃないかな?」

スミレも既に飲み干していたが、空気を読んで我慢していた。

「ダメならダメで引き返せばいいし、ほら、行ってみよ!」

室内になんとなく漂う一人一杯の暗黙のルールを、深鈴は気にも留めずにバーカウンターへ向かう。スミレと千穂も後ろに続くと、バーテンダーは空のグラスをにっこりと受け取り、二杯目をすぐに差し出してくれた。

深鈴が二杯目をもらった途端、控室の同級生たちも動き出し、バーカウンターには行列ができた。一人一杯だと思い込んでいたシャンパングラス、恥ずかしくて言い出せなかったクビ。読まなくて良い空気を読むのはもう止めよう。深鈴のこの強さがスミレには羨ましく、そして同時に誇らしく感じられた。

その後執り行われた結婚式は大盛り上がりだった。披露宴のクライマックス、花苗の両親への手紙に一同大号泣、スミレも涙を拭きながら、目の前のフルコースを一口も逃すまいとデザートのパンナコッタを貪った。


「じゃ、この後二次会行く人ー」

外に出ると、新郎側の同級生が二次会をしきり始めていた。人気者の深鈴は皆に誘われ帰れる雰囲気もなく、千穂も参加する様子だったので、スミレはスマホで誰かに連絡を取るフリをしながら徐々に集団を外れた。

もちろんスミレだって行きたい。でも、この二次会に出たら、今度こそ売るものが見当たらない。

「スミレちゃん、二次会行く？」

振り向くとそこにはジェイミーがいた。披露宴では食事に集中していて、すっかり話しかけるタイミングを逸していた。

「ううん、今日はもう酔ってるし帰ろうかな。明日のＣＶＣ面談に向けた資料作りも残ってるし」

「そんなに酔っ払って仕事するつもり？　金なら、貸すけど」

「私そこまで落ちぶれてないから！　大丈夫大丈夫」

「あっそ」

本当は参加したいという気持ちを懸命に堪え、スミレはえへへとごまかした。ジェイミーは離れるかと思いきや、「俺、スミレちゃんを送ってから合流するわ」と前を歩く同級生に大声で言い残し、スミレと一緒に集団を離れた。道の途中の自販機でペットボトルの水を買ってスミレに渡し、スミレが飲んでいる間にタクシーまで止めてくれた。

「大丈夫、タクシー代は俺がアプリで払っといたから。気をつけて帰ってね」

無駄のない動きにあっけにとられているうちに、扉がバタンと閉まりタクシーが走り出した。

「ありがとう」を言う隙すらなかったが、後ろ髪引かれるスミレが早く帰れるよう、ジェイミーがくれた優しさなのかもしれない。

（かっこつけちゃって）

初めて乗る、支払いの済んだタクシー。忙《せわ》しなく刻むメーターをちらちら気にしなくて良いので、腰掛けシートに深く体を預けることができた。窓を少しだけ開けると、お酒で火照《ほて》ったスミレの顔を風が冷やし、スミレを少しずつ現実へと引き戻していく。

タクシー広告では、インフルエンサーが手がけるアパレルブランドの二万円のワンピースが紹介されていた。これが飛ぶように売れているらしい。ワンピースに二万円をポンと出せる二十代の女性なんて、いったいどこにいるのだろう。自分なんて二次会にも行けないし、今着ているドレスだって近いうちに手放さなくてはいけない。ここにお前の居場所はない。車窓から見える東京の高層ビル群が、自分を見下しあざ笑っているように感じた。

一体、いつになったらお金の悩みから解放されるのだろう。

日々目減りする預金残高と、サービスを成功させなくてはという得体の知れない強迫観念。スミレは近頃、時限爆弾のような存在を胸の中に抱えていた。チクタク、チクタク。常に何かに急《せ》かされるこの感覚。サービスが世に出た瞬間、この爆弾の秒針は止まるのか、それとも。スマホを取り出しSNSで同じ気持ちの人を探そうとしたが、東京自殺防止センターの表示が白々しくて、そういうことじゃないんだよともっと悲しくなった。

これがもしも、誰かに言われて取り組んでいる仕事だとしたら、とっくの昔に投げ出しているだろう。全ては誰からの指示も受けず自分自身で始めたこと。今日みたいに楽しい時間を過ごしても、逃げ場がないのが一番辛かった。

タクシーが大通りを右折し、家の近くに差し掛かる。スミレは来週から始まるCVCの面談に思考を向けた。先週、可能な限り出版・書籍関連企業にメールを送り、六社とのアポイントメントが取れていた。反応が予想以上に良かったところをみると、勘所は間違っていなかったようだ。ここで出資を得られれば、お金の問題が多少軽減される。家に帰ってお風呂に入ったら、もう一度プレゼン資料を見直そう。この爆弾が止まらないのなら、今はもう動き続けるしかない。

目の前のタクシー広告が、今度は一粒千円のチョコレートの紹介に移っていた。

第五章
あすは起業日

朝方、目が覚めると眠った時よりも疲れている日が増えていた。

夢の中では追われたり傷つけられたり怒られたり、とにかく様々なシチュエーションで窮地に陥っていた。自分だけならまだしも、口に出したくもないような悪夢も。来年一月末に予定したBooktiqueの正式ローンチに向け、スミレが抱える恐怖はどんどん肥大化していた。

起きがけの朧《おぼろ》げな記憶に、苦しさを感じながら目を開く。夢でよかったと胸をなでおろすと同時に、自分のベッドの上にだけ強力な引力が働いているかのように、疲労がどっと押し寄せてくる。十一月ともなると、朝方の冷え込みは日を追うごとに増しており、スミレは布団のはしを引っ張り頭の先まですっぽり身を隠した。哺乳類である我らヒト科ヒト属は、そろそろ本格的に冬眠の導入を検討すべきだと思う。冬眠から目覚めたとき、全てが順調に整った春を迎えられていたらどれほど幸せか――。考えるだけ無駄だとスミレ自身が一番よく分かっているが、それでも毎朝、一番最初に浮かぶのはそんな幼稚な発想だった。

ゆっくりと起き上がりスマホを確認すると、朝九時をとうに過ぎていた。睡眠の質は最悪でも、しっかり九時間睡眠を守っているあたり、自分の図太い生命力に感心する。時計の下に表示された金曜日の文字を確認する。やっと訪れる週末の気配、今週はCVCとの面談が五件立て続き怒濤の一週間だった。

毎晩の悪夢に反して、CVCとの面談は想像以上の手応えを感じている。

なぜ本なのか。VCから聞かれ、答えを探してもなお見つからなかった問いの代わりに、CVCとの打ち合わせは「この時代に本で新たな挑戦をしてくれることが嬉しい」と感謝と共感から始まるので話が盛り上がる。

しかし、どれだけ盛り上がってもやはり投資は投資。スミレはCVCに対して、来年一月までにマーケティングの使用目的で一千万円の投資をしてもらうことを要求していたが、三ヶ月間という短期間で一千万円の決済を下すというのは老舗の出版業界としては前例がないようで、このスピード感がＶＣとは決定的な違いと言えた。

そんなわけで、具体的な金額や時期の話になると途端に先方の反応は鈍くなる中、面会をした五社のうち一社だけが、もう少し上のポジションの人間を入れて具体的に検討したいと連絡をくれた。今はこの一社に望みを託し、次回の日程調整のメールを今か今かと待っている。

暖房のスイッチを強風にして、テーブル上に置かれたラップトップを手に取ると、スミレは再びベッドに戻った。部屋が温まるまでメールのチェックをして待とうと、あくびをしながらメールボックスを開く。すると、ネットバンクからの振り込み通知メールが輝いていた。もしかして――。

「えーっと、一十百千万……」

思わず〇の数を数えてしまうのも無理はない。オンラインの銀行口座には見たこともない大金が表示されていた。

「……着金だ――っ！」

先日の四百万円の融資と、山村さんからのエンジェル投資百万円、合わせて五百万円の入金を確認した。今日が振り込み予定日ということをすっかり忘れていた。

「着金、着金っ！」

スミレは思わず拳を高くあげ、ベッドの上でジタバタと喜びを体全体で噛みしめた。これで、お金の不安から少しは解放される！　急いで支度を済ませると家を飛び出し、柏原さんのもとへ走った。

「お疲れ様です！　柏原さん、お金振り込まれました！」

開発が始まってからも、互いに進捗を報告し合う時間として柏原さんとの定例ミーティングは続いていた。

シェアオフィスにつくやいなや、嬉しさのあまりつい声が大きくなる。柏原さんと約束した期日を守れたので、これでやっと正式に開発が進められる。

「ほんとに⁉　いやー、良いニュースは続くものですね。僕からも報告です、ドメイン、とれました――！」

ドメインとは、ウェブサイトのＵＲＬを構成する識別子のこと。柏原さんが「booktique.jp」と入力すると、そこには本の絵文字が一つ、真っ白な画面の真ん中に表示されていた。どうやら柏原さんが仮で入れてくれていたらしい。

「わ、現実だ……」

自分のスマホでも、ラップトップでも、ＵＲＬを入力する度に現れる一つの絵文字が嬉しくて、何度も何度も確認した。

「そんなに目を輝かせて喜んでもらえると、こちらも嬉しいです」

「嬉しいに決まってます！　初めてのドメインですから」

「画像はすぐに差し替え可能なので、加藤さんの方でロゴやイメージ画像の準備ができたら僕にください」

「はい！」

オフィスもなく、自分の所属もよく分からず、この半年間自称社長無職状態だった自分を、ようやく認めてもらえた瞬間だった。広大なインターネットの世界に小さく掲げた自分の印。ドメインは起業家にとって、本物の家のような存在だと思った。

「サービスデザインのモックアップも完成しました。こちらのURL、スマホで開けますか？」

スミレの感動とは対照的にあっさりとした態度で、チャットツールに柏原さんからモックアップのURLが投げ込まれた。模型を意味するモックアップは、インターネットサービスの現場において、ビジュアルを確認するためのサンプルとして使われる画面のことを指す。

「加藤さんの手書きの指示書、詳細まで描かれていたので予定より早く出来たそうです。指示が明確なので作業はスムーズでしたが、強い思いが伝わってきて責任を感じたとデザイナーさんが言ってましたよ」

URLにアクセスすると、「Booktiqueへようこそ」の文字が出現する。「あなたにぴったりの本を探す」をタップすると診断テストへと遷移し、いくつかの質問に答えていくと一冊の本が表示される。その本を購入するか、本のタイトルだけ受け取るか、二択から遷移ボタンを選ぶ。本の購入を選択すると、マイページと住所登録のページへと遷移する。クレジットカード情報を入れて、購入完了。

「すごい、動いてる！」

「そりゃ動かないと困ります。本来はスマホとPCの両画面でデザインを組めればいいのですが、予算内で納めるためまずはスマホに注力して作りますね。PCでみると少々歪《いびつ》ですが、まあMVPだとあるあるです」

まだまだシンプルな設計だが、そこには自分の頭で描き続けたBooktiqueが確かにあった。

子供の頃、自分の描いた絵を母が額装してくれるのが好きだった。今の気持ちは、落書きが誰かに作品として認められた、あの時とよく似ている。

「日本人の稼働は一旦ここまで。この素案を持ってオフショア開発を始めます」

「いよいよ海外進出ですね」

「進出じゃないよ、ただの開発。ここからはベトナムチームに頑張ってもらいましょう！」

何をやっても進まない日もあれば、こうやって一気に前進する日だってある。一度で味わうにはもったいないほどのこの喜びを、均等に振り分けて少しずつ堪能できたらいいのにと、別の日の自分に申し訳なくなるほど今のスミレは幸せでいっぱいだった。

この日も打ち合わせを終えると外は真っ暗で、会食を控えた柏原さんと一緒に揃ってシェアオフィスのビルを出た。

「そういえば、CVCの面談はいかがですか？」

「それが、なかなか調子が良いんです。といっても、短期間で一千万円を出せる会社となると難しくて、話が進んでいるのは残り一社だけなんですけど」

「加藤さん、ひとつだけ聞いてもいいですか？」

「なんですか？　急に」

並んで歩いているので表情は見えないが、柏原さんが急に改まった口調で話し出した。

「VCはだめでも、公庫の借り入れとエンジェル投資が決まったので、資金は一旦なんとかなったじゃないですか。なんで続けることにしたんですか？　資金調達」

「うーん……なんでだろう。やっぱりいいサービスだと思ったんですよね、Booktique。一人くらい認めてくれてもいいと思うんです。エンジニア探しも、見通しの悪い中で突然柏原さんに出会えた訳ですから、動き続ければどうにかなるんじゃないかって」

「その執念、加藤さんは起業家に向いていると思います」

「執念、その言葉、最近よく言われるようになってなんだか恥ずかしいです……」

「褒めてるんですよみんな！」

柏原さんからの反応は意外なものだった。VCの面談に全敗し、融資の借り入れも堅実路線で少額に留めた。ファイナンスの面では、てっきり柏原さんから呆れられていると思っていた。

「そうでしょうか？　全然ダメダメですけど」

「加藤さんには人を動かす熱意があります。最初は半信半疑でしたが、巻き込まれた側も案外楽しませてもらってます」

「だめですよ、私を甘やかさないでください！」

「ははは。じゃ、また来週」

柏原さんはメトロの標識を目指して、スミレと反対方向へ歩き出した。

性別も年齢も違う上に、性格も違う。感情的なスミレに対し、柏原さんはどこまでも穏やかで肯定的な人だ。出会ってからたった数ヶ月。全幅の信頼を寄せるにはまだ時間が足りない気もするが、もしかしたらこの出会いは、スミレの頑張りに対する神様からの報酬なのかもしれない。

中目黒の駅で電車を降りると、返信を待っていた出版社から、次回に向けた具体的な日程調整のメールが届いていた。こんなに朗報が続く日は珍しい。今日は特別にとスーパーで発泡酒を買うと、家には直行せず銀行を目指した。ネットバンクで振り込み確認は済んでいるのだが、どうしても通帳に記帳して入金後の残高を確認したかった。

三台並ぶＡＴＭの中から真ん中の台に駆け寄り、通帳を挿入する。記す内容が少ないせいか、通帳はすぐに吐き出された。資本金の五万円と合わせて五百五万円、今朝ネットバンクで確認した時と同じ金額が記されていた。もう何度も数えたはずなのに、やっぱり○の数を数えてしまう。

スミレにとって初めての資金調達。すなわち初めての借金。もっと重たいものを感じるだろうと想像していたのだが、通帳を前に今感じるのは、意外にも未来への希望だった。蛍光灯に照らされた何の変哲もない夜のＡＴＭで、スミレは一人、空港の搭乗口を連想する。手元には通帳という名の搭乗チケット。苦労してやっと手に入れたこのチケットが、まだ見ぬユーザーや起業家としての未来へ、これからスミレを連れて行ってくれる気がしたのだ。お金に色はないとよく言うけれど、それは本当だろうか。通帳に記されたこの五百五万円、スミレの目には虹色に輝いて映った。

これまで、世に溢れるスタートアップの華々しい資金調達のニュースを見るたび、彼らの輝く私生活の妄想を勝手に膨らませてきた。創業期の約束された給与と、周囲からの期待感や羨望の眼差《まなざ》し。自分の居場所と比べては嫉妬心に苛《さいな》まれていたが、それらがいかに短絡的な思考であったか。

人からもらう応援や信頼を、具体的な金額で提示される資金調達の実態。それは、喜びと責任、プレッシャーと安堵、表裏一体の感情が一気に押し寄せながら、なんでもない日常の風景が一瞬にして色彩を帯びて話しかけてくることだった。起業とは、もしかするとこうした景色を探すことなのかもしれない。今のスミレになら、山村さんが連続起業家の道を選んだ気持ちも少しだけ理解できる気がした。


ぷしゅっ。

久しぶりのお酒は、開ける音からもう美味しい。お風呂から上がり、お気に入りの音楽をかけると、髪も乾かさずバスタオルを頭にぐるぐると巻いたまま缶から直接飲んだ。冬場のお酒は、お風呂上がりの火照った体に入れるのが一番美味しい。

今晩お酒を飲んだのは、資金調達の祝杯と、もう一つ理由があった。朗報続きの今日こそ、お酒の力を借りて連絡したい人がいたのだ。

おかしいと笑われるかもしれない。それでも懲りずに、スミレの心にはまだ彰の存在が残っていた。これが恋なのかは、もうスミレにも分からない。ただの未練、あるいはこれまで彰のペースに流されっぱなしだった記憶を、もう一度会って塗り替えたいだけなのかもしれない。

恋愛に向ける情熱くらい、好きな仕事が見つかったら教えてね──

最後に会った日、別れ際に彰が言った言葉もずっと引っかかっている。

(今の私に会ったら、少しは見直してくれるかな?)

こんな日は、自然と考え方だって前向きになる。スミレは逸《はや》る気持ちを抑えられなかった。

「お久しぶりです。会社をクビになった直後にお会いしてから、やっと自分の次の方向性が決まりました！　久しぶりにご飯でもいかがですか?」

埋もれたトーク画面を掘り返すと、思いつきかのような素っ気なさを装い、送信ボタンを押した。

男女の駆け引きはここからが本番だ。スミレは残りの発泡酒を飲み干し、頭のバスタオルを解いて入念にドライヤーをかけ始めた。メッセージを送った後は、もうスマホを見ないに限る。

「スミレちゃん久しぶりです！　僕もどうしてるかなって気になってました。ご飯、ぜひ」

ドライヤーの音で通知が聞こえなかったが、髪を乾かしている間に彰からの返信が届いていた。クビ以来苦労続きだったスミレにも、ようやく運気が向いてきている！

約束は十二月中旬の土曜日に決まった。クリスマス前最後の週末を空けてくれたということは、恋人はまだいないのだろうか。

「楽しみにしてます！　お店、予約したらまた連絡します」

浮かれた返事を送った直後、たまにはお店の予約を彰に委ねてみようと思ったのだが、彰から「よろしく！」の返事がすぐに届いたので諦めた。

(空気を読んで合わせちゃう癖、だから私モテないんだなあ)

春には肩ほどだった髪の毛も、美容室に行かないせいでロングヘアに差し掛かっていた。半乾きの髪にオイルを馴染ませブラシでとかしながら、スミレは花苗の結婚式の控室で、二杯目のおかわりに並ぶ親友を思い出していた。自分の意志で動ける女性は、美しい。

資金調達で初めての着金を確認し、起業家として大きな成長を実感することができた今日。自分の恋愛スタイルだってもっと変えていきたいのに、相手があってこその恋愛は一人で頑張ればいいという問題でもない。嬉しいはずの彰との次の約束だが、前回の一人惨めな帰り道を思い出すと素直に喜べない複雑さもある。起業より、恋愛の方がよっぽど難解だ。

ブラシをスマホに持ち替えると、スミレは柏原さんからもらったモックアップのＵＲＬに再びアクセスする。

（大丈夫、今の自分には、これがある）

Booktiqueの文字が表示されると、それだけでにやりと口角が上がった。

これまで仕事が忙しいと恋愛に逃げてきた自分が、仕事で恋愛の悩みを癒すなんてちょっと信じられなかった。頑張るだけではどうにもならない恋愛と違い、頑張り次第で辿り着ける目標が今はある。スミレは音楽のボリュームを少し上げると、再びラップトップに向かった。

「それ、うちの新規事業としてやってみるのはどうですか？」

「え？」

想像していない角度からの提案に驚いたスミレの頭には、大きな「？」が浮かんでいるのが見えたのだろう。緊迫した会議室の空気が和らいだのを感じた。

出資の相談が続いている出版社は、本を読む人なら誰もが知る大手の出版社。出版以外にも周辺事業を展開している様子を、会社発信のリリースで見つけたため、スミレから連絡を取っていた。前回会った二名に加え、その上司に当たる男性二名が加わり、四対一でテーブルに向き合う形となった。側から見ると就職活動の圧迫面接のようだ。

「お話を伺いながら、出資よりもう一歩踏み込んだ形でご一緒する方法はないかなと考えていたんです。例えばうちの新規事業として始めると、加藤さんをうちの社員にお迎えできます。お金の心配が尽きないようでしたので、安定した給与のもとでこの事業に向き合える環境は、加藤さんにとっても悪い話ではないかなと」

社員、給与、なんて魅力的な言葉だろう。早い話が出資ではなく買収ということだろうか。先方の言う通り、決して悪くない話のように思う。目先の一千万円の資金調達にだけ照準を合わせていたスミレは、急な変化球に対応する術《すべ》を持っていなかった。

「すみません、突然のお話で。驚きで頭が止まってしまっているというのが率直な感想です」

「そうですよね、話が飛躍しすぎましたね。実は弊社、正式なＣＶＣ部門を持っていないので、僕が統括する新規事業部の一事業として取り込んだ方が、社内決済も下りやすいかなぁと思ったんです」

「そうだったんですね」

「社内的な話を持ち出してすみません」

「とんでもないです。でも、少し考えてみてもいいですか？」

「もちろんです。うちの新規事業としてやるとなると、資金や環境はかなり良くなると思いますが、企業に属することで出てくる弊害もあると思います。ゆっくり考えてください」

先方の申し出をありがたく受け止め、スミレが宿題を持ち帰る形でこの日の打ち合わせは終了した。とはいえ悠長に考えている余裕はこちらにはない。早く決断を下さなければ。

スミレは会社のビルを出ると、すぐにジェイミーにメッセージを送った。

「俺、こう見えて忙しいんだからね？」

「知ってるよ、だから予め《あらかじ》メッセージしたの」

多忙なジェイミーが、日中お昼時に電話に出る可能性はかなり低い。「至急電話ください」とショートメッセージを打ち込み、一駅分の道を歩きながら電話を待った。

「で、今回はいい話？　悪い話？　要件を具体的に言わないの、気になって俺が電話するの狙ってるだろ？」

「違う違う、これはいい話か悪い話か分からないから何も言えなくて」

目に入った自販機で買ったホットの缶コーヒーの底には、来年七月の賞味期限が印字されていた。見通しの悪い未来を歩むスミレには、その日付がいやに遠く感じられる。

缶コーヒーでかじかんだ指先を温めながら、件の話をジェイミーに説明する。どこが重要になるか分からないのでなるべく忠実に伝えることを心がけた。

「ああ、それほぼM＆Aの打診だね」

「M＆A？」

「そ。マージャーズ＆アクイジションズ。サービスを買収してうちの子会社になってくださいって意味。サービスはもちろん、スミレちゃんみたいな優秀な人材をスカウトする青田買いの意味もある。アイディアや検証のお金、決済の手間、さらにいい人材。エージェント通すと年収の三〜四十％を手数料で取られるから、そういうのも含めて青田買い」

「へぇ。なんか悪い話じゃないような気がしてたけど、本当に悪い話じゃないのかな」

「うん、全然悪い話じゃないと思うよ。現にスタートアップのゴールは上場かM＆Aだからね」

「じゃあ承諾していいのかなぁ」

「いや、そう簡単な話でもなくて。結局今は利益が出てない状態だから、売却金額って先方の言い値なんだよね。サービスが世に出た後に爆発的にヒットしても、スミレちゃんには一円も入ってこないから、そこが注意点かな。まあここまでだって十分頑張ってきたんだし、自分で決めな」

「あ、そういう時ってエンジェル投資家さんはどうすればいいのかな？」

「百万円だろ？　一般的なエンジェルと交わす契約書の雛形《ひながた》を使っている場合は、次のバリエーションでの調達前にバイアウトした場合、たしか二倍で返すんだっけな？」

「バイアウトとM&Aって同じ？」

「ああ、買収って意味ではだいたい同じ」

二倍、ということは二百万円。スミレの借金は四百万円。少なくとも六百万円以上のバリエーションでないと交渉は成立しない。一体出版社はいくらで打診をしてくるつもりだろう。初めてのことばかりで、まったく想像もつかない。

「まぁさ、金額聞くと足下みられるから、まずはどうしたいか方針からだね」

「バレた？　今まさに、お金のこと考えてた」

「そうだよね、気になって当然。でも絶対、方針が決まるまで聞くなよ」

「分かった！　それを聞けただけでも電話してよかった」

ジェイミーとの電話が終わる頃、ちょうど地下鉄の駅に到着した。難航する本の発送拠点との打ち合わせに向け、スミレは千葉方面の電車に乗り込んだ。打ち合わせはオンラインでも十分事足りるのだが、先方にとっては規模の割に調整に手間がかかる面倒な案件だ。真冬の汗は物理的には見えないが、かいた汗はきっと裏切らないと信じて地道に熱意を伝えるほか、今のスミレに思いつく作戦はなかった。

（マージャーズ＆アクイジションズ……）

長い電車移動の中で先ほど聞いた新たな単語を調べてみる。合併を意味するMergersと、買収を意味するAcquisitions。ジェイミーの説明通り、早い話が企業・事業の合併や買収を総称してM＆Aと呼ぶらしいが、その中でもまた様々な手法が枝葉に分かれているようで、今回提示された内容が一体どれに該当するのか、スミレには見当もつかなかった。

（とりあえず、今日は曖昧な返事で誤魔化しておいて良かったかも）

スマホをしまうと、アイディアをスタートした小さな自室を思い出す。今の状況は、苦しいが自由だ。最初に選書サービスを始めた時だって、お客様から感謝されて、対価として代金をいただく、そんなシンプルさが自分に合っていたからやってこられた。このまま気ままに、自分の目の届く範囲で思い通りに舵《かじ》を切ってみるのも悪くない。一方で、今の苦しい生活を早く抜け出したいという切実な思いも確かにある。

　出口の見えない迷路にハマり、スミレはいつの間にか眠ってしまった。起業家の世界には、まだ知らない言葉や感情がたくさんあるようだ。


　先日の出版社からのM&Aの申し出に、スミレはまだ答えを出せずにいた。ジェイミーに電話したあと、すぐに柏原さんと山村さんにも相談したが、みんな揃って同じ回答。

「加藤さんに任せます」

「加藤さんがどうしたいかですね」

　自分の意見を尊重してくれる仲間はありがたいが、M&Aを実行するシチュエーションや会社の状況は様々で、調べれば調べるほどに決断から遠ざかっていた。これはもう経験者に相談するしかないと思い、スミレはM&A経験者の知り合いを頼った。スミレが会社をクビになった時、唯一転職を考えた会社の代表、久留美社長だ。

「表参道のカフェにしましょう。おすすめがあるので予約しておきます」

久留美社長は快く面会を承諾してくれた。表参道、カフェ、予約……。イケてる社長のおすすめの店とは、一体どのくらいの金額を用意しておけば良いのだろう。カフェを目指して歩きながらも、出費を思うと足取りは重くなった。

指定された店に着くと、手入れの行き届いた植物たちに出迎えられる。ひっそりと佇む平家造の建物の中は、避暑地のようなゆったりとした時間が流れている。華美な装飾のない、自然と調和したデザインが素晴らしいのだが、そうした素晴らしさが、金欠のスミレにとってはかえって不安要素として積み上がる。

（うわ、コーヒー一杯千円だ。一番安いカレープレートでも二千五百円か……）

席に着くなり真っ先にメニューをチェックすると、スミレの嫌な予感は的中した。ざっと一人四千円、経費で落とすとはいえ今のスミレに前払いは死活問題だ。

「加藤さん？　久しぶり、お待たせしました」

ハイブランドのバッグを手にSNSでも見かけた今季流行《はや》りのコートを羽織って、久留美社長は涼やかに現れた。初めて会った時と同じく肌は輝いていたが、会うたびに見惚《みと》れるその美しさは、彼女の表情にあるとスミレは思った。久留美社長の微笑みは、なぜだかずっと見ていたくなる。

「今日はお忙しいのに、お時間いただきありがとうございます」

「いいのいいの。私も息抜きになるし」

　もう見ちゃったかーとテーブルの上に置かれたメニューに目を留めながら、社長はコートを脱いで座った。

「ここ野菜が美味しいの。どうせ栄養摂《と》ってないんじゃないかと思って。今日はご馳走するからいっぱい食べましょ！」

「え⁉　いやそんな、私からお呼び立てしたので、私にお支払いさせてください」

「駆け出しの起業家さんが、何言ってるのよ。このお店、おしゃれだけど量が多いのがさらに素晴らしいのよ。加藤さん、食べられないものある？」

「いえ、ないですけど……」

「お腹は？」

「朝から何も……」

「すいませーん」

　社長はメニューを開くこともなく店員さんを呼び、ランチセットを二人分ご飯大盛り、加えて食後のコーヒも二人分注文した。ランチセットは一人三千五百円。この店でも一番高いメニューだということをスミレは既にチェック済みだ。

「本当に、すみません」

小鉢がたくさん並ぶ野菜中心のランチは、新鮮な素材や出汁《だし》の旨味《うまみ》が五臓六腑に染み渡り感動的に美味しかった。こんなに丁寧な食事は、花苗の結婚式以来だ。驚きだったのは、華奢《きゃしゃ》な久留美社長もスミレと同じだけの量をぺろりと食べ切ったこと。経営はカロリーを消費するのでこのくらい摂らないと体が持たないと話しているが、美人の助言を真に受けてはいけない。

スミレが本題を打ち明けたのは、食後のコーヒーが運ばれてきた頃だった。

一通り今の状況を話した後、自分の気持ちを付け足した。

「目先のランチ代もままならないし、元々起業家志向があるわけではない自分にとって、会社の買収でいくらかキャッシュが入ることは大きな魅力なんです。それなのに何故か決断できなくて」

「なるほど。サービスローンチ前のM&Aねぇ。最近聞いた悩みの中で一番贅沢よ、加藤さん」

「ありがたいお話だってことは分かっているんですけど……。そんな時に久留美社長のお顔が浮かんで。経験者からアドバイスをいただきたかったんです」

「買収額の交渉とかデューデリジェンスとか、そういう具体的な話はまだよね？」

「はい、まだです」

デューデリジェンス、略称ＤＤ。主にＭ＆Ａや投資などを実行する際に、企業の経営状況や財務状況を調査することだ。今回のスミレのケースでいうと、買収する側である出版社がその買収が妥当であるか確かめるために、スミレの会社に対し根掘り葉掘り質問をすること。

（ＤＤの意味、この前調べておいて良かったぁ）

起業以来、こうした横文字に出会う機会が頻発している。本やネットで読んでも消化不良のままだった言葉たちだが、いざ自分の身に襲いかかってきているとなると驚くほどに理解が進む。話の腰を折らずに済んだことにほっとした。

久留美社長はゆっくり腕を組み直し、うーんと唸《うな》りながら、下を向いたり上を向いたりして考えこんだ後、おもむろにこう切り出した。

「起業家に答えはないのよ、残念だけど。人それぞれの得意技や人脈、持ちうるものをフルに使ってビジネスの舞台で戦っていくわけだから。よく総合格闘技にも例《たと》えられるのよね」

総合格闘技。以前にも聞いたことがある表現だった。百人百様、魑魅魍魎《ちみもうりよう》の起業家集団の例えとして、確かによく当てはまる。

「だとすると、余計難しいです。果たして自分に総合格闘技が出来ているか分からないし、この先もリングに立てるか不安です。起業の知識もまるでないのに、勢いだけでここまで来ちゃって。私って頭も悪いし、このへんで手を打つのが現実的なのかなって」

「ねえ、加藤さん。自分で自分のこと頭が悪いなんて言うもんじゃないわ。そうやって自分を軽んじていると、それ以上上に行けないわよ。

それに、会社をクビになって、転職を諦めて、仲間探しと資金調達して、今はサービスのローンチ間近なんでしょ？　私が会わない半年でここまで進めるなんて、相当格闘してると思うけどなあ、私は」

久留美社長の口調は変わらず穏やかだが、その言葉はスミレの胸に深く命中した。やはり、久留美社長に相談して良かった。

「ありがとうございます。でも、想像よりもずっとしんどいですね、起業」

「後悔してる？　起業したこと」

「それはないです、一度も。またやりたいかと言われると別の話ですが……」

自分でも意外なほどに即答だった。こんなに辛いのに、どういうわけだか後悔という言葉は似合わない。

「じゃあ買収の話を聞いて、いい話だって頭では分かるのに判断を遅らせる理由はなんだと思う？」

　分からないから久留美社長を訪ねたのだ。まとまってなくていいからと久留美社長に促され、スミレは思いのままに話し始めた。

「正直M&Aでお金の話が出た時、喉から手が出るほど聞きたかったです、いくらで買ってくれますかって。このサービスをやろうって決めたことにはいろんな理由があるけれど、なれるものならなりたいですもん、お金持ち。だけど同時に、品物として完成していないのにここで値札をぶらさげていいのかなって思ったんです。今の段階でも評価してもらえるってことは、この先頑張ってもっといい値札をつけてもらえるんじゃないかって。でももし大失敗したら、会社についた値札はバーゲンセールどころか、売り物にすらならなくなります。会社の価値が、自分には分からないんです」

「うんうん」

「だけど、この前大きなお金が通帳に振り込まれた時、不思議なことが起きたんです。どこにでもある夜のATMで、私にだけ世界の色彩が一気に増えて虹が見えた気がしたんです。まるで今までの自分は、曇ったガラス越しに立っていたのかなって思えるほどでした。サービスの事だけ考えてきたこの半年、初めて自分の力で生み出したお金を目の当たりにしたら、なんか生きてるなぁって感じちゃって。あの気持ちと景色が忘れられないんです。それに、大好きだったネイルもファッションも気にする暇がないくらい、なりふり構わず夢中になって、性格まで変わっていく今の自分も結構好きで。今お金を手にしたら、以前の自分に戻っちゃう怖さもあります。もうこれ、サービス関係ないですよね」

「分かる！　起業って、今まで会ったことのない自分に会える感覚」

「そうなんです！　だからサービスの行く末もだし、起業家としての自分が一体どこまで行けるのか、まだまだ見てみたいというか」

「結果に結びつけるのは時期尚早だと」

「おっしゃる通りです。私も総合格闘技してるんだって胸を張れたらいいなって。でも最悪のケースはどうしてもついて回るし、夜も怖い夢ばかり見ちゃって……」

久留美社長の前では自分でも気がつかなかった本音の声がどんどん溢れてきて、まるで自分自身と対話をしているようだった。何より自分が頑張れる原動力は、今の自分が好きだということ。シンプルな一言だが、これまでの頑張りや今の悩みは全てここに帰結する気がした。

「今買収されたとして、そのお金で何したい？」

「えっと……美味しいご飯を食べたいです。新しいコートも買いたい。あとは、友達とも普通に遊びに行きたいです。今年はお金がないので忘年会の誘いも断ってばかりで」

「美味しい物食べて、コート買って、忘年会して。で、その後は？」

「やっぱり、今やりたいことってこのサービスしかなくて。だから余ったお金はこの事業に入れると思います」

「それじゃあ買収の意味ないじゃない」

それもそうだと二人で笑った。

「ねえ、加藤さん」

久留美社長はゆっくりと一口コーヒーを飲んだ。そして大切な内緒話をするように、テーブルに身を乗り出してスミレに語りかけた。

「もう答え、出てるんじゃない？」


カフェを出ると、ランチをご馳走になってしまったこと、そして相談に乗ってくれたことに何度も礼を述べ、スミレは久留美社長の背中を見送った。優しい日差しが差し込む冬の青空は、まるで迷いを吹っ切ったスミレの心情とリンクしているかのようだった。

行けるところまで行こう、やれるところまでやろう。

この先の恐怖よりも、見たことのない景色に出会いたい。自分を好きなままでいたい。そう考えると、自《おの》ずと答えは出ていた。

ぐーっと背伸びをして歩き出すと、後ろから小走りで近づく足音が聞こえてきた。

「ねぇ待って！」

振り向くと、そこには息を切らした久留美社長がいた。

「久留美社長？」

「よかったー、間に合って。あのね、今思いついたことがあるの。私、加藤さんにエンジェル出資できるかしら？」

久留美社長と初めて会った面談の時も、こうして最後に呼び止められたことをふいに思い出した。彼女はきっと、この直感を大切に生きてきた人なんだろう。そしてその直感が彼女の経営者としての手腕なのだ。スタートアップの速度は、こういう人たちの絶え間ない瞬時の判断が創り出しているものなのだと思う。

「本気で言ってます？」

「うん、それが一番いい気がしたの！　大した額は入れられないけど、百万とか二百万の追加があれば、普通にご飯食べて、お友達とも適度に遊んで、新しいコートも買えるでしょ、あったかいやつ。疲れた時は私がまた話を聞くし、利害関係があった方が加藤さんも頼りやすいいんじゃないいかって」

「社長……」

「これは施しじゃなくて投資。加藤さんを起業家として信じます。だからもっと、自分に自信を持って。それで私にもいつか見せてね、虹」

目の前に現れた二人目のエンジェルは、笑顔の美しい憧れの人だった。スミレは泣きながら久留美社長に抱きつくと、この景色もまた、生涯忘れることはないだろうと確信した。

失礼があってはならないと、出版社からいただいた買収の打診はメールと電話で丁寧にお断りした。先方は残念がってくれたが、業界は近いのでいつでも力になりますと心強い言葉をもらった。目標としていたVCからの資金調達は叶わなかったものの、久留美社長という素晴らしいエンジェルとの出会いによって、スミレの資金調達は一旦幕を閉じた。ここから先はもう、ローンチに向けて一直線だ。

本の発送拠点と仕入れ先についても、地道な営業が身を結びそれぞれ無事に内定していた。千葉に倉庫を構える発送拠点は、これまで三度足を運んだことで本気度が伝わったことが決め手となったそう。何度も顔を出すスミレのことが社内で次第に噂となり、応援したいと思ってもらえたそうだ。現場の方々が引き上げてくれたという話は、何よりも励みになる。六十年以上続く老舗の企業に応援してもらえるなんて、創業間もない会社にとっては大きな後ろ盾だ。

本の卸しについても、その倉庫の社長が懇意にしているという中堅の書店の社長に話をつけてくれ、請け負ってもらえることになった。本の取引には取次という中継ぎの会社を挟むのが主流だが、前金の額を聞いて早々に諦めていた。書店を介する事で多少の手数料が嵩《かさ》むのを差し引いても、ありがたさに変わりはない。

スミレが何ヶ月も苦労した取引先探しは、社長同士の電話のやりとり一本であっけなく決まってしまう。これからの商談は、まず社長を狙おう。スミレはまた一つ学びを得た。

肝心のサービス開発はというと、ベトナムに開発拠点が移ってからもうすぐ一ヶ月が経つというのに、進捗がまったく聞こえてこないという状況だった。想定していたスケジュールでは、ステージングと呼ばれるテスト版のサイトURLにすでに反映が始まるタイミングだったが、何度開いても変わらず表示される404 not foundの文字。

「この調子で間に合うでしょうか？」

「まぁ、スケジュールなんてあってないようなもんですからね。気長にいきましょう」

今日も柏原さんは穏やかだ。対するスミレは、どことなく漂うこの嫌な予感の正体が分からず、どうにももどかしかった。

柏原さんとの金曜定例を、珍しく早めに切り上げた。スミレは家に直行せずにある場所へ向かう。先日出席した結婚式で再会した深鈴から、食事の誘いを受けていたのだ。深鈴とはいつもグループでの連絡がメインなので、個人的に連絡をよこすとは珍しい。

「スミレ、年末の忙しい時にごめんね。来週あたり夜ご飯どうかな？　ご馳走するから!!」

あの結婚式以来、再び親友たちと連絡を取り合うようになっていたが、恒例の四人忘年会は、正直に金欠だと言って断っていた。今年も残すところあと二十日を切った。スミレの口座残高はあと四万円と少し。年内の外食は彰とのデートだけでもうギリギリだ。先回りしてご馳走すると付け加えてくれる親友の誘いを断る理由なんて見当たらない。

深鈴に指定された店は、赤提灯《あかちょうちん》が灯《とも》る老舗の焼き鳥屋だった。うっかりすると見落としてしまうくらいにひっそりとした佇まいで、深鈴のチョイスとは思えぬ渋さを醸し出している。

「いらっしゃいませー」

引き戸を開けると、狭い店内のカウンターで深鈴はすでに瓶ビールを飲んでいた。年齢層の高いビジネスマンが多い店内で、華やかな彼女が一人カウンターに座る姿は明らかに目立っていた。だが、かと言って悪目立ちすることなく、馴染んでしまうのが彼女の魅力だと思う。

「深鈴のことだから、てっきりおしゃれなお店かと思った！」

「そんなわけないでしょ。私の行きつけなんてこんな店ばっかりよ」

先日久留美社長に指定された表参道のランチで、周りの客のおしゃれさと自分との落差に引いた一件を思い出す。

「仕事、大丈夫だった？　忙しい時期にごめんね」

「大丈夫大丈夫、奢りって言われていそいそ出てきて、私の方こそ現金でごめん」

「全然。すみませーん、グラスもう一つと、串十本お任せコース、二人前で始めてください」

深鈴が手際良く店員さんに告げるとグラスが運ばれてきた。乾杯しながら世間話をしていると、ほどなくしてコースが始まった。一串目は皮。パリッと軽やかで、舌触りはいつも食べるスーパーの惣菜コーナーにある焼き鳥とわけが違った。

「ねえ、最初に一つだけ聞きたいことがあるんだけど、いい？」

「え？」

　スミレは焼き鳥を美味しく味わうために、気になっていることを先に尋ねることにした。

「今日ってさ、起業とか転職とか、そういう相談で私を誘ったわけじゃないよね？」

「え？　違うけど」

「よかったー！　いま日常が仕事で埋め尽くされてるからさ、深鈴といる時間くらいは仕事じゃない話がしたいなって思ってたの。それに今の私に、人のキャリアのアドバイスなんて絶対無理」

「そんなこと心配してたの？　違う違う！」

　深鈴は目を大きく見開き、両手を振りながら大袈裟に否定してみせた。残りの串に口をつけながら「もっと楽しい相談よ」と含みを持った笑みを見せるので、スミレも心置きなく串を大口で頬張った。

「で、仕事はどうなの？」

「だから言ったでしょ、その話したくないってー」

「ちょっとくらい聞かせてよ。一応心配してるんだから」

　深鈴に促され、サービス開発のスケジュールが大幅に遅れていることを手短に話した。

「そっか、開発方面は私も全く分かんないや。でも、スミレちょっと痩せたんじゃない？　心配」

「大丈夫大丈夫。体調はいいから」

「何ができるか分からないけど、私にできることがあればなんでも言って」

「だったら……日本酒、飲んでもいいかな？」

「もー！　そういう意味じゃないんだけど。すみません大将、日本酒冷やで二号、お猪口《ちょこ》二つお願いします」

そんな風に軽口を叩いては飲み、五本目、ハツが運ばれてきた時。これで十本コースも折り返しかと名残《なごり》惜しんでいたスミレは、深鈴からの衝撃的な質問をあと少しで聞き逃すところだった。

「あのさ。スミレとジェイミーって、デートしたりしてるの？」

「ジェイミー…え？　あのジェイミー？」

「まず私の質問に答えて」

人の心は分からない。今日ここに来る電車の中で、どうかキャリアの相談ではありませんようにと祈りながら、あり得る話の一つに恋愛も思い浮かんではいたが、ジェイミーなんて想像もしていなかった。人気者の深鈴と、秀才だが目立つタイプではなかったジェイミー。高校が同じというだけで、二人の共通点はまったく見えない。

「誓って言うけど、なんにもない。まず私のタイプじゃないし、恋愛とかは夢にも思った事ないかも」

嘘、一度だけ想像したことはあったが、そのことは隠して友達関係を強調することにした。

「じゃあさ、ジェイミーはスミレのこと好きなのかな？　結婚式の帰り、タクシーで送ってたからそうなのかなって」

「そんなんじゃないよ。日頃仕事の相談してる分、心配なんでしょ色々。ほら、ジェイミーって海外生活も長いし、妙にジェントルマンなとこ時々あるのよ」

「ふーん。じゃあ、私がジェイミーをデートに誘っても怒らない？」

六本目、ぶりんと立派なボンジリを思わず落としそうになった。本当に、人の心は分からない。

「怒るわけないでしょ。でもちょっと話が飛躍しすぎてて。どうしてそうなったか最初から説明してくれない？」

深鈴の話はこうだ。結婚式の二次会でスミレを送り届けたジェイミーは遅れてみんなに合流したらしい。その時偶然、深鈴とジェイミーは隣同士になり、話が盛り上がったという。スミレという共通の友達の話題から始まり、仕事への姿勢も共感しあう部分が多く、結局話は三次会まで尽きなかったそうだ。

解散するのが名残惜しく、二人で飲みに行こうかという雰囲気だったが、仲間の一人が酔っ払って歩けないことを知るやいなや、ジェイミーは家まで送ると自ら手を挙げ同級生を家まで送っていったらしい。

「なんかさ、話が合うなぁとは思ったんだけど、正直異性としてタイプかと言われると微妙で。だけどね、ついさっきまでいい雰囲気だった私を差し置いて、すぐに友達の介抱に回る姿に、グッときちゃったんだよね」

「普通逆じゃない？　自分を雑に扱われるのって嫌じゃない？」

「分かってないなースミレ。私を追いかけないってことは、私をお飾りにしないってことでしょ？　面倒見が良くて対等で気の合う男、最高じゃない？」

「そういうもんかなあ」

七本目のつくねを卵の黄身にくぐらせながら、スミレは首を斜めにかしげた。

「そういうもんよ。それにね、意識して見始めたら、ジェイミーって案外かっこいいかもとか思っちゃって」

「いやいや、かっこよくはないでしょ」

「かっこいいって！　ＳＮＳ、結構頻度高めに見ちゃってるもん」

「それもう恋だね」

「そ、だからスミレを呼んだの」

　登場人物をすべて知っている恋愛相談ほど楽しいものはない。スミレは応援の気持ちを込めて、残りの串三本分の時間を使い、ジェイミーの攻略法を思いつく限りすべて伝授した。

「盛り上がっているところすみません。そろそろ閉店です、お会計を」

　店主に話しかけられるまで、外の暖簾がしまわれ、閉店の支度が完了していることにまったく気が付かなかった。急いで伝票を受け取り、深鈴は店員にクレジットカードを手渡した。

「ごめんね、深鈴」

「いいのいいの。私の奢りって言ったでしょ？」

　お会計中、謝ることしかできないスミレは情けない気持ちでいっぱいだった。親友からの打ち明け話とお酒は最高に楽しいけれど、それは割り勘でこその楽しさだ。Booktiqueを無事世に出して、自分も早くこの金欠から脱却しようと、深鈴の横顔に強く誓った。

　互いの終電を目掛けてバタバタと解散し一人になると、恋愛の話が盛り上がったせいで自然と彰を想った。トーク画面は来週のデートのお店を連絡したところで途切れている。

(今送ったら、キモいよね)

ほろ酔いで触るスマホと片想いは、相性が抜群に悪い。気が大きくなるせいで妙なことを口走りがちだから。ここは連絡したい気持ちをぐっと抑えて連絡相手を変えることにした。

「ジェイミーってさ、好きな人とかいるの?」

「は? なに突然」

今日もまだ仕事中なのだろう。すぐに既読がつき返信が届いた。

「なんとなく、聞いてみただけ」

「スミレちゃん俺のこと好きなの? (笑)」

「そんなわけないでしょ」

「びっくりしたー! ま、また飲もうぜ」

「はーい、仕事頑張って」

「お互いにな。おやすみ」

「おやすみ」

ものの三分。ジェイミーとのやりとりは、家まで歩く道のりにも満たない短い内容で終了した。

　本音を言うと、突然の深鈴の打ち明け話に今夜は少しだけ動揺した。親友の片想いを知った途端に、スミレもようやくジェイミーを異性として認識したのだ。

　深鈴がジェイミー。何度考えても釣り合わないと思ったが、釣り合う・釣り合わないとは一体なんだろう。この半年間、絶えずジェイミーと連絡を取り続けていたスミレにはチャンスなんていくらでもあったが、深鈴の彼に対する気持ちを知らなければ、スミレがジェイミーの魅力に気がつくことはなかっただろう。

　スミレはこれまで、自分の存在が丸ごと肯定されるような、素敵な誰かに認められることこそが恋愛だと思っていた。それが今夜、深鈴の恋愛観に触れたことで大きく揺らぎ、自分の中に芽生えつつある新たな価値観の確立に拍車をかけていた。

　恋愛は自分を高める手段ではない。自分らしくいるために、恋愛があるんだ、多分。

　仕事に埋め尽くされる毎日を自ら選んだスミレは、今やすらぎを求めている。仕事にもいい影響を与えるような、さり気なくも穏やかな日々。素敵なお店を一生懸命予約するよりも、ふらりと入った居酒屋で楽しみたい。甘い言葉にときめくよりも、疲れたとか美味しいとか、取るに足らない感情を日々分け合ったり増幅させたりしたい。そうは言っても、いざ彰のようなモテるタイプを前にすると、たちまちときめいてしまう気持ちも100%の自分の本心。好きなタイプは変えたくても変えられない。やっぱり、恋愛は起業よりも難しい。

依然、ベトナムからは何の音沙汰もないまま五日が過ぎた。

不安はつきないが、今週の仕事を頑張れば週末は彰とのデートだ。一昨日クリーニングで受け取ったばかりのワンピースが出かける日を待っている。

Bookthiqueの運営体制が整い、目下スミレが力を入れるのはPRだった。サービスのリリースに際してユーザーを獲得する手法は、大きく分けて広告とPRの二つがある。開発費の工面だけで手一杯のスミレのような零細企業では、大きな広告費を投じる余裕はないため、ウェブや雑誌、SNSなど情報発信力を持つメディアの協力が欠かせない。彼らが自社メディアで取り上げたくなるネタを作り、営業をかけることがPRでは極めて重要になる。

スミレはこれまで七年間、化粧品のマーケティングや広報PRを担当する部署で仕事をしてきた。慣れない開発や資金調達に苦しんだが、ここに来て初めて自分のスキルと人脈が活かせる時がやってきた。キャリアの集大成と言わんばかりのやる気で、思いつく限りの知り合いにコンタクトを取り、ウェブメディアの問い合わせフォームにはコツコツと情報提供のメールを送り続ける。メールは十通送って一通返ってくればいい方なので、内容と合わせて量がものを言う。メールを送り過ぎた日は腱鞘炎《けんしょうえん》で手の震えが止まらず、夜ご飯のお箸がうまく持てなかった。

「Booktiqueは、読みたい本を自動で選んでくれるオンライン書店です。元々本好きの私ですら、書店に行って本の多さに立ち尽くしてしまうことがあるので、誰かに素敵な本を選んでもらえたらいいなぁと考えたのが、アイディアの始まりなんです」

「分かります、本選びって難しくて、読む本が偏ったり読書が停滞したりしちゃいますよね」

この日は夕方に知り合いの編集者と急遽《きゅうきょ》アポが取れたため、スミレは編集部のオフィスに出向きBooktiqueの営業活動に労んでいた。元々関係値があるとはいえ、編集者の反応はまずまず。

「普通の選書サービスとはどう違うんですか？」

「選書サービスって一対一、もしくは一対複数人の関係性ですが、Booktiqueはみんなで作っていくんです。みなさんの診断結果や届いた本へのフィードバックを使い、初期開発ではＡＩが学習する要素の基盤も作っていきます。そうすることで、使えば使うほどに選書の精度も本のラインナップもどんどん改善されていくサービスを目指しています」

「なるほど、面白いですね！　ちなみにローンチは？」

「はい。今まさに開発の最終段階で、余裕を持って来月一月下旬にと考えています」

嘘だ。まだ一度も開発画面を確認できていないなんて、間違っても言えない。

「利用料はどのくらいを想定されているんですか？」

「来月からのローンチはβ版の想定で、診断テストまでは無料です。まずは半年データ収集とユーザーの傾向を見て、改めて正式版としてローンチする際に販売を強化した導線で収益化を考えています」

「無料！　それならトライアルのハードルも低いですし、使ってみたくなりますね。魅力も多いし、来月うちの媒体でご紹介できるか前向きに考えてみます」

「ありがとうございます！　モックアップもお見せしますね」

打ち合わせの終盤には決まってモックアップを見せるのだが、その度に進捗の見えない開発のことが脳裏に浮かぶ。編集部には日々多くの取材依頼が舞い込んでくるため情報不足やスケジュールの遅延は命取りだ。編集部の関心を他へ持っていかれてしまう前に、開発を進めてローンチ日も確定させたい。

打ち合わせが終わると一目散で家に帰り、編集部にBooktiqueの概要資料と素材一式をメールで送った。ベトナムからの連絡は、やっぱりない。

　ようやくコートを脱ぎ、部屋着に着替えて暖房のスイッチを入れると、スミレは夜の大仕事に向けてお湯を沸かした。苦手な作業を後回しにしてしまう怠け心が出て、久留美社長と交わす投資契約書の準備がまだ終わっていないのだ。

　キッチンに立つと、昨夜飲んだティーバッグがシンクの片隅に残っていた。捨てたと思っていたのだが、一度きりではもったいないと残しておいたらしい。くたくたのティーバッグは見た目こそ悪いが、カップに入れてお湯を注ぐと色味はいつも通りの紅茶になった。

　返信ゼロのメールボックスを前に、カップを引き寄せて紅茶を一口。香りこそほとんど消えているが、味がないわけではなかった。本来の役目を終えてもなお逞《たくま》しく仕事を続ける二番煎じの紅茶に、なぜだか自分が重なり急に励まされた。かっこ悪くてもいい。満身創痍のスミレも、ぎりぎりまで力を振り絞ればまだ味わいが出せるはずだ。

（起業は総合格闘技、起業は総合格闘技）

　先日の久留美社長の言葉を、改めて思い出す。苦手なパンチを練習しなければ、いつまでも勝負に勝つことはできない。自分を奮い立たせると、契約書作りに取り掛かった。

「見ました？」

「見ましたも何も……」

「ちょっとまずいよね、これじゃあ」

クリスマスソングがエンドレスで流れるファミレスの一角で、スミレは絶望していた。先日から不安を募らせていたベトナムチームからの開発進捗が、ようやく共有されたのだ。

（これが、自分の名前を背負って世に出すサービス……）

初めて見たステージングサイトは、言葉にならなかった。感動ではない。精度が低すぎるのだ。文字のフォントや太さはガタガタ、サイト遷移のアニメーションも過度に動き回るせいで見づらく、全体のファイルが重いので、そもそも読み込むのに長い時間を要してしまっている。これではサイトを開く前に、ユーザーの大半が離脱してしまうだろう。

事態を察した柏原さんからすぐに電話がかかってきたが、自分の中で描いた理想との落差を受け止めきれず、スミレは言葉を失っていた。

「ごめんなさい、こんなこと言いたくないんですけど。想像を絶するダメさでした。今は平常心でいるのがやっとです」

電話の沈黙に耐えられず、かといってスミレから話すことも思いつかない。ストレスでいじった左手のささくれから血が出ていた。

「僕も焦っています。でも加藤さん、任せてください。絶対によくします、間に合わせます」

「ローンチまであと一ヶ月しかないんですよ？　そんな簡単に信じられません」

「大丈夫です、任せてください」

柏原さんとの電話の後、ウェブデザイナーが作ったモックアップのページを即座に開く。これがこのまま動き出してくれればいいだけなのに、何故それができないのだろう。

続いてBooktiqueのＵＲＬを打ち込む。先日の本の絵文字一つから、表示はデザイン性のあるものに切り替わっていた。

あなたの読みたい本が見つかるサービス・Booktique

来年一月始動、ご期待ください

「書いちゃってるよー、もー……」

スミレが作って、柏原さんに送ったものだった。ここに限ってちゃんと反映されているせいで、一月中のローンチは絶対条件となった。

このままローンチだなんて、生き恥をさらすも同然。こんなことなら日本で開発すればよかった。でも一体誰に依頼できた？　お金は足りた？　言い訳が跳ねかえってくるのは全て自分自身だと分かっていても、頭の中は苛立《いらだ》ちと後悔で埋め尽くされる。

昨夜の寝不足が効いて、家での作業では寝落ちしてしまいそうなので近所のファミレスに逃げ込んでいたが、この一件でスミレの集中力は完全に途切れてしまった。ドリンクバーに立ち、本日三杯目のコーヒーを乱暴に注ぐと、やり場のない怒りを全てキーボードにぶつけるようにメッセージを打った。コードが書けない自分がいくら喚《わめ》いたって事態は変わらないのに、嫌味の一つでも言わないと気が済まない。

「いくら日本語が分からないとはいえ、モックデザインをそのまま反映するのはエンジニアの最低限だと思います。今のままでは間に合わないと、みなさんに危機感を共有してください」

夕方には空いていたファミレスの店内も、見渡してみると夕食目当ての家族連れや学生たちで賑わい始めていた。目の前を通過した美味しそうなオムライスの香りに、相変わらず流れ続けるクリスマスソング。この幸福に満ちた空間が、今の自分にはあまりにも不釣り合いで居た堪《たま》れなくなり、飲みかけのコーヒーを残してスミレは荷物をまとめた。あとは家でやろう。

伝票を手に持ち、レジカウンターに向かおうと立ち上がると、途端に視界が白く点滅し始めた。

（あれ……？）

立ちくらみかなと思いしゃがみ込んだが、体に力が入らない。早く立ち去りたいのに。近くのレジまでは辛うじて自力で歩いたものの、レジの前に着くと、床に身を投げ出しとうとう横たわってしまった。体中の血の気が引いていくのが分かる。

「大丈夫ですか？」

「あ、いえ、あの……」

早い話が貧血だろう。そんな中、意識は驚くほどに明瞭だった。店内がざわつき始めたこと、店員が三名スミレの周りを取り囲んでいること、客が好き勝手に歩いた床に自分の頬がべったり付いていることも全部分かっているのに、体が動かない。

ストレス、栄養不足、過労、生理不順。さらにここ最近の寝不足。原因を並べればキリがない。体のSOSにはどこかで気がついていたはずなのに、自分の若さと体力を過信しすぎていた。スミレはその場から動くことができないまま、ごめんなさいごめんなさいと、誰に対してか分からない謝罪を頭の中で唱え続けていた。

「あの。タクシー、停《と》めてもらってもいいですか……」

「いや、でも救急車の方が」

「だいじょうぶです！　救急車は呼ば、ないで」

絞り出した精一杯の言葉で、店員の一人がタクシーを停めに外へ出てくれた。会計をなんとか済ませなくてはと財布を丸ごと投げ出すと、別の店員が気付いて対応し、もう一人はさり気なく他の客の視線を遮るため、スミレの目の前にしゃがみ込み、声をかけ続けてくれた。この優しき三人の若者に、後日必ず謝罪とお礼に伺わなくては。

「中目黒、中目黒まで……ゆっくり運転でお願いします」

店員二人に両脇を抱えられ到着したタクシーに乗りこむと、スミレは後部座席に横たわり目を瞑《つぶ》った。首筋に触れた自分の手の冷たさに一瞬ぎょっとしたが、頭の中は仕事のことでいっぱいだった。

（今日は木曜日、ってことは明日は柏原さんとのミーティングか。行けるかな、せめてオンラインでも打ち合わせはしよう）

（発送拠点の契約金って、いつまでに振り込みだったっけ？　来週で間に合うかな）

（久留美社長との投資契約書、今日中に郵送できて本当によかった……）

タクシーを降りると這いながらなんとか階段を上り、玄関を入ってすぐのトイレに倒れ込む。

人生は、映画じゃない。倒れた後は病室で目を覚ますシーンがお決まりなのに、こうした醜い一部始終を編集できない現実に皮肉を覚えたのが最後の記憶で、そのまま意識を失うように眠ってしまった。


突き上げるような寒さと、小窓からうっすら差し込む光で目を覚ました。十二月の朝方、固く冷たいトイレの床の寝心地は言うまでもないが、ここ最近で一番深く眠れたように思う。その証拠に、昨夜は悪夢を見なかった。

ゆっくりと体を起こす。トイレの鏡に映った自分の肌は、ファンデーションが浮いて固まり、全体的に青黒かった。久しぶりにじっくりと見た自分の顔。深鈴にも指摘されたが、確かに痩せたかもしれない。いつも通りジャンプをしようとしたが、体は言うことをきかず、絶賛大不調。それでも立ち上がれるだけ、昨日よりはマシだろう。

　昨日の出来事を順番に遡りながら、トイレに投げ出されたバッグの中からスマホを探し当てる。まずは柏原さんに、今日のミーティングのキャンセルを告げた。朝七時前だというのに、柏原さんからはすぐにリアクションがあり、スミレの容体を一番に心配してくれた。

　いい加減、健康保険に入らなくてはと思う。会社を辞めてから国民健康保険の登録を後回しにしていたので、昨日は救急車にも乗れなかった。健康保険はもちろん、年に一度の健康診断だって、これからは自分で予約しなくてはいけない。

　その他の今日の予定は、ウェブメディアの編集者との打ち合わせが一つ。せっかく摑んだチャンスだが、これもリスケせざるを得ない。やかんに火をかけ、テーブルの前に座るとラップトップを取り出した。お湯が沸くのを待ちながら、お詫《わ》びの連絡を送る。

　紅茶を入れるため、戸棚のティーバッグにかけた手を、一段上の茶葉に伸ばし変える。打ち合わせは全てキャンセル。作業もままならないこんな日くらいは、自分のために時間を使ってあげようと思った。

　友人のフランス土産でもらったアールグレイの茶葉は、缶を開けた瞬間に香り立ち、スミレの鼻腔《びこう》を心地よく刺激した。以前は当たり前にしていた日々の楽しみを、しばらく忘れていた。

自分が止まれば会社も止まる。その恐怖に怯《おび》えるあまり、最近の予定の入れ方は自分で考えても異常だった。

紅茶に砂糖を入れると、茶葉の渋みが薄まり味わいが増す。母から教わったひと手間だ。マグカップを持って再びテーブルの前に座り直すと、スミレはラップトップの電源を落とした。これもまたいつぶりだろうか。暗くなったラップトップのウィンドウは、まるで深く目を瞑り久しぶりの睡眠を喜んでいるように見えた。

ぽっかり空いた金曜日。しっかり休んだら、溜まったシンクの洗い物と脱ぎ散らかした洋服を片付けて、少し早めの年末の大掃除にしよう。

ラップトップ、自分自身、そしてスマホの電源もＯＦＦ、する前に。スミレはもう一つやるべきことを思い出し、メッセージを打った。

「彰さんおはようございます。ごめんなさい、昨夜体調不良で倒れてしまい、明日の約束が難しくなってしまいました。またお誘いさせてください。本当にごめんなさい」

明日のデートを目標にここまで頑張ってきたはずなのに、メッセージを送る瞬間、不思議と躊躇いは一切感じなかった。Booktiqueのローンチにとっての最善を思えば、今のスミレはなんだって差し出せる。本当は、深鈴と会った日から薄々気がついていた。頑張って手を伸ばす恋は、もう今の自分には向いていない。既読のつかないメッセージ画面を見ながら、彰が起きてメッセージを返してくれたところで、なんとなくもう会うことはないなと思う。

スミレに振り向いてくれない彰にずっと執着していた理由は、誰もが素敵だと認める男性とデートをしたら、きっと自分自身を好きになれると勘違いしていたからだ。彰に釣り合う自分になりたいと努力することは、同時に、今の自分では足りないと自覚させられることでもある。だからいつも、どこか息苦しくて、自分を認めてあげられなくて。スミレの体が発したSOSは、頑張る方向を間違えた心のSOSでもあった。

ずるずると引きずってきた恋心を断ち切るきっかけをくれた自分の体を、ゆっくり両腕で抱きしめてみる。手の届かない誰かを求めるよりも、遥かに心強い気持ちになれた。想像よりもずっと細く骨張った肩を感じながら、今日からもっと自分を大事に生きてみようと思った。そしてしっかり、ご飯も食べよう。

年末前の貴重な週末を、まるまる三日間休んだ代償はなかなか大きい。それでもこの一時停止は、心身の回復だけでなくビジネスにも有意義な気づきをもたらした。

久しぶりに確保できた読書時間を使い、読みかけのままになっていたベッドサイドの小説と、半身浴のお供にしていたエッセイを読了した。やりっぱなしの仕事が気になって、最初のうちは読書に集中できなかったのだが、ページをめくるうちに悩みごとから離れて物語の世界を楽しむことができた。

読書が趣味のスミレでさえ、日常に追われて読書から離れてしまうのだから、これはきっと現代人の誰もが抱える悩みなのだろう。本の好き嫌いにかかわらず、忙しくて読書する時間を確保するのがまずもって難しい。加えて、本屋で膨大な数の本の中から読みたい本を探すなんて、心やお金に余裕がある人の特権にすら思えた。そんな多くの現代人にとって、Booktiqueはきっと意味がある。いや、世界中でせめて自分くらいはBooktiqueを信じてみなくては、一体誰が信じてくれると言うのだろう。

彰とのデートを諦めたことも、Booktiqueのローンチにあたっては追い風だ。長らく抱えていたもやもやを思い切って手放すことで、ようやく、全身全霊でサービスと向き合う覚悟が整った。

「日本列島は大寒波に見舞われ、このあと夜にかけては東京でも雪が降るかもしれません、ホワイトクリスマスですね！」

「え？」

ニュース番組のアナウンサーの声に反応し、作業を一時中断する。ホワイトクリスマスの予感に笑顔ではしゃぐアナウンサーとは対照的に、どうかこれ以上寒くならないでくれと祈るスミレ。

（てゆうか、明日クリスマスか！）

目まぐるしく一週間が過ぎ去ったせいで、十二月の一大行事をすっかり忘れていた。

天気が変わってしまう前に夜ご飯の支度を始めようと思い立ち、テレビの電源を切って冷蔵庫に向かう。年内に使えるお金はあと二万円とちょっと。先日の体調不良も重なり、ついに苦手な自炊を始めていた。

冷蔵庫に手をかけると、赤く輝く右手の爪先に目が止まる。

丸三日休んで体調が回復した日曜日の夕方、スミレはドラッグストアにいた。このまま倒れずにサービス開始まで走り切るには、あと一つ何かが欲しい。そんな時にふと、赤いネイルが浮かんだのだ。

あの夏、資金調達に疲弊したスミレにとって、姉の塗ってくれた赤いネイルは正真正銘魔法のようだった。

ネイルケアのコーナーで一際《ひときわ》鮮やかに輝く「BIG APPLE RED」と書かれた赤色のマニキュ

アと、その横のベースコートを家に連れて帰ると、姉のやり方を思い出しながら慎重に色をのせた。ところどころはみ出したり、均等に塗れず歪な輪郭になってしまったが、その名の通り、大きく熟した赤いリンゴを思わせる発色は、病み上がりのスミレを元気付けた。何よりも、ずっと後回しにしてきた自分で自分をケアする時間が持てたこと、それがスミレには嬉しかった。

例えば、紅茶を茶葉から入れる、ゆっくり読書を楽しむ、セルフネイルを頑張ってみる。経済的にも身体的にも追い詰められ、倒れてしまった今だからこそ、本当の贅沢とはどれほどのお金を使えるかではなく、どれだけ豊かに時間を使えるかだということを思い知った。限られたお金の中でも、自分の機嫌をとれる自分でありたい。出来栄えのいまいちなこの赤いネイルも、信じれば再び魔法を見せてくれるはず――。

冷蔵庫の中には、卵が二つと牛乳、野菜室には腐る一歩手前のブロッコリーが見えた。

(あとはベーコンを買い足して。一人きりのイブはカルボナーラパスタにしよう)

料理初心者は、どうにも失敗の少ないパスタに頼りがちだが、カルボナーラならなんとなくクリスマスの献立としても成り立つ気がした。スマホと財布と鍵だけを裸のまま握ると、最寄りのスーパーを目掛けて外に出た。凪のないぴりっと冷え込んだ空気は、テレビで見た通りいつ雪が降ってもおかしくない。

小走りでスーパーへ向かう途中、バイブが鳴ってスマホを落としそうになった。慌てて持ち直すとバイブは再び鳴り、続けて二回、また続けて三回と、その間隔はどんどん短くなった。

(クリスマスイブって、暇なのは案外私だけじゃないのかも)

どうせ深鈴たちからのたわいもない連絡だと思い、スミレは通知を見ずにスマホをコートのポケットにしまった。ベーコンを買った帰り道でも鳴り続けるポケットのバイブ、よほど会話が盛り上がっているのだろうと思い、家に着くなり楽しみにスマホを開くと、それらの通知はすべて友人からではなくSNSからのものだった。

〝世はクリスマス・イブ。そんな日も私はお仕事ですが、素敵なサービスを見つけました。好みの本を選んでもらえるなんて楽しそう。皆様、メリークリスマス〟

Booktiqueのリンクと SNSアカウントをメンションして投稿された短文は、百万人のフォロワーを持つインフルエンサーによるものだった。こんな小さなティザーサイトを見つけ出した彼女の情報収集能力に感動しているこの数十秒の間にも、投稿のいいね通知が止まらない。

「うそ……」

思わず声が漏れる。人生初の〝バズ〟を前に、それから先はもうスマホから目が離せなかった。さっきまでは十人足らずだったフォロワーも、更新ごとに二桁単位で増え続け、すぐに五百に到達した。

あの電話以来、柏原さんとは気まずいままだった。それでもこの嬉しさを分かち合えるのは柏原さんしかいない、スミレは急いで電話をかけた。

「もしもし柏原さん？　ＳＮＳ見ました⁉」

「え、どうしたの？」

「いいから見て！　BooktiqueのＳＮＳアカウント」

つい口調が強まり、慌ててごめんなさいと付け足した。

「えーっと……うわ――、すごいすごいすごい！　この方どなたですか？」

「人気のタレントさんです！　最高のクリスマスプレゼントですよね！」

「本当ですね、加藤さんの日頃の行いがいいんですきっと」

二人が電話をしている間にもフォロワーはみるみる増え、一気に千を超える勢いだった。

「あの。先週末はすみませんでした。感情のままに電話でもメッセージでも余計なことを口走り、大人げなかったです」

「え？　ああ！　いいんですよ。こちらこそ不安な気持ちにさせてしまいごめんなさい。でもね、ベトナムのみんな、ここのところ土日返上で頑張っていますよ、ほら！」

カメラをオンにして映し出された柏原さんのPC画面には、先週よりもずっと整ったBooktiqueのサービス開発画面が映し出された。

「わぁ……」

「本当は次の定例で見せようと思ったんだけどね、フライング」

当初想像していたものには程遠いが、作業は着実に前進していた。スミレが思い描いていたサービスのローンチは、もっと華々しいものだった。エンジニアの手にかかればなんでも可能になると楽観的で、ベトナムに作業が渡った瞬間まるで発注者気取り。あとは待つだけだと思い、何のケアもしてこなかった。

これは、自分のサービスだ。描いた理想と現実のギャップに苦しむ暇があれば、彼らにもっといい仕事をしてもらえるように、自分の指示の精度を上げる、勉強する。彼らが頑張りたくなるような環境を用意する、支払いを増やす。本来はやることだらけのはずなのに、エンジニアリングは自分の領域ではないからと、勝手に手を放したのは自分だ。届かない理想との距離に絶望するよりも、今できる最大のものを目指そう。一人じゃできないから仲間がいるのだ。

サービスと同じく、チームだって自分が信じないと。赤いネイルの魔法が、早速効いてきた。

「私はもう、皆さんが最大限の力を発揮できるようサポートするだけです。何かできることはありますか？」

スミレの質問に柏原さんは数秒考えて、それでは一つだけお願いがあると言った。

「実はみんなから、おやつをせがまれていまして。ベトナムのメンバーに、チェーを差し入れしてあげてもいいですか？」

チェーとはあれで合っているだろうか。ベトナムでポピュラーな、ぜんざいに似たスイーツ。そうそう、あれ美味しいんだよねぇと電話越しに笑う柏原さんのこの朗らかさに、今までもこれからもたくさん救われるのだろうと、出会えた喜びを不意に噛み締めた。こんなに可愛い要求ならいくらだって応じてしまう。

「お安い御用です！　チェーでもフォーでも、もうなんでもみんなの胃袋に入れてください！」

「ありがとうございます。ちなみに、加藤さんの年末年始のご予定は？」

「ご予定も何も、Booktiqueが今の私の人生の全てです」

「そうですよね。ベトナムは旧正月の文化なので、日本の年末年始も稼働できるんです。ちょっと忙しくなりますが、この期間で不安な部分を一気に巻き返しましょう！」

「はい！」

電話を切ると、フォロワーは千三百人を超えていた。この夜食べたカルボナーラパスタが、人生で一番美味しかったことは言うまでもない。

翌朝、SNSのバズを受けてか、以前面談をしたVCの数名から進捗を探るようなメッセージが入っていた。その中にはもちろん、後日飲み会の誘いを入れてきた朝日奈さんの名前も。

スミレはVCの資金調達に涙した半年前を懐かしく思い返してみるが、もうずいぶんと遠くの出来事のように感じられた。自信も覚悟もなかったあの頃に比べ、今はもう引き返す選択肢なんて微塵《みじん》も持ち合わせていない。少し注目されただけで様変わりする周囲の対応を目の当たりにすると、外部からの評価を気にしすぎることの愚かさがよくわかる。自分の選んだ道をひたすら信じて進むのみ。きっと、スミレにしか見えていない未来があるはずだ。


人々が故郷へ帰省する元旦の東京は、なんたって道が空いている。東京は意志を持って集まる街だという事実に、もう二十九年も生きているのに毎年新鮮な驚きを感じてしまう。

「道、空いてるね」

「そうねえ、盆と正月だけは、本当に東京って静かだよね」

東京は、多くの人にとっての目的地だ。忙しいこの街に生まれつくと、居場所も帰る場所もここしかない分、常に動き続けないと存在価値を見出してもらえない。東京出身者には、そんな独特の絶望がある気がする。姉が出してくれる車の助手席、人の少ない街並みを眺めながら姉に同意を求めたかったが、新年早々話すようなことでもないので口には出さなかった。

「お姉ちゃん、パパとママのこと、ありがとうね」

会社をクビになって自分の会社に一本化して以来、両親への連絡頻度は格段に減っていた。忙しいのもあったが、ただでさえ自分も不安なこの選択に、両親はもっと心配するに違いないと思ったからだ。今回久しぶりに顔を見せるにあたり、実家では色々と小言を言われることもある程度覚悟していた。だが、年末年始に十五時間ほどしか実家に滞在しない親不孝な娘を、両親は一切咎《とが》めることもなく、大袈裟なご馳走で出迎え、元旦の朝にお雑煮を食べるとすぐに笑顔で送り出してくれた。

「お姉ちゃんがママに報告してくれてるんでしょ、私のこと？」

「そんなことないよ。まぁ最初はあんたから電話があるたびちょくちょく報告してたけど。最初から二人とも応援してたよ」

「そうなの？」

「うん。大企業が偉いとか、終身雇用とか、もう自分たちの価値観は通用しないって、ずっと働いてきたあの人たちも分かってるし、時代を見越して自分で行動に移したスミレは偉いってさ」

「へえ、意外。二人とも今どきだね」

「海も山もないけどさ、親の価値観が更新されていくって点だけは悪くないかもね、東京育ちも」

確かにそうだ。今の生活に、もう一段家族の説得というステップが加わるなんて、考えただけでもストレスだった。親孝行ができるのはまだまだ先になりそうだから、今年はせめて顔を見せに、もう少し実家に帰ろうと思う。

車がほとんどいないので、いつもの半分の所要時間で中目黒に到着した。姉はこの後実家に戻り、三人で初詣に出かけるそうだ。

スミレは家に戻り、すぐさまラップトップの電源を入れる。

「あけましておめでとうございまーす」

「あけましておめでとうございます。それでね、一昨日相談した修正の部分なんだけど……」

昨日「良いお年を」でお別れしたばかりの柏原さんと、一日後にはもうオンラインで再会していた。去年の延長線を生きる二人に新年が訪れるのは、なんとか無事にBooktiqueを世に出してから。

スミレのアナログデータをベースに作った選書診断と、その後に続く本の決済がステージングで無事作動することを確認すると、時刻は二十三時を回っていた。

ローンチまであと四日。時間感覚はもうとうに麻痺《まひ》しており、二十三時は早いとすら感じてしまう。

「これで大まかな確認作業は完了ですね。あとは細かいデザイン修正をどこまでいれるか……」

「え？　まだまだです。決済は全ての本番環境で実際に検証しないといけないですし、画面はPCもスマホも、複数台の端末を使って検証していくんですから。道のりは長いです」

「全然知りませんでした。じゃああと四日は眠れそうにないですね」

「いえいえ、そのために開発にはテスターという役割の人がいるんです。ベトナムでテスターさんが今頃張ってます」

「え、そんな役割の方がいるんですか？」

移動時間がもったいないので、年明けからは毎日オンラインで柏原さんと連絡を取り合っている。時間がないのはベトナムのエンジニアチームも同様で、私と柏原さんの打ち合わせに参加し、やりとりを同時通訳機能で理解しながら作業を進めることもある。

とはいえ、カメラはいつもOFFのまま。一番最初の顔合わせでお会いしたバンさんという男性以外、ベトナムのチーム編成は謎のままだった。

「ちょうどいいな。加藤さん、ベトナムメンバーに会ってみたいですか？」

「え、もちろんです」

「実は今、同時にベトナムチームともミーティングをしている最中なんです。お時間よろしければこちらに招待しますよ」

（待って、ベトナム語でこんにちはってなんて言うんだろう、とりあえずハーイでいいのかな、日本語分かる人もいるはずだし……）

緊張気味にオンラインミーティングのURLに入室すると、そこには少し想定外の光景が広がっていた。

「……こんなに？」

まず一つ目のびっくり。そこには九人のメンバーがいた。

「そうですよ。彼はバンさん、それからＰＭと翻訳担当。その隣にいるのがフロントエンジニア二名で、隣がサーバーサイドエンジニア二名。それからテスターが二名。全部で九名がBooktiqueプロジェクトで動いてますよ」

さらに驚くべきは、その半数以上が若い女性であること。

「あれ？　言ってませんでしたっけ？　ベトナムの平均年齢って三十一歳（※二〇二一年一月時点）なんです。日本に比べて随分と若いですよね。今回のチームも平均年齢でいうと二十四、五歳かな」

「私、てっきり男性の多いチームかと」

「そうですよねぇ、日本ではまだまだエンジニアは男性が多い印象ですよね。でも、エンジニアこそ女性も活躍しやすい分野だと僕は思うんです。この国は今、仕事を求める若者で溢れています。だから僕は彼らに仕事を教えながら、案件を回せるオフショア開発に目をつけたんです。会社をやりながら、ベトナムの女性活躍も支えていくことが自然と裏テーマになっていました」

画面の向こうに映る女性たちは、スミレよりずっと若く見える。そのあどけなさはハタチ前後か、少なくとも二十代前半だろう。

「一つ疑問があるのですが。皆がおでこに貼ってる冷却シート、それベトナムで流行ってるんですか？」

「ああ、これね。冷却シート貼ると目が覚めるよって僕が教えてあげたら、みんなハマったみたいで。一月はほとんど寝てないからね。皆ほぼ泊まり込みでとにかく全力です」

「私、何も知らずにこんな若い子達に無茶なスケジュールとひどいことを強いてしまって……、本当にすみません。あの、ベトナム語でありがとうってなんて言うんですか？」

「カムゥンです」

スミレが手を振りながらカムゥンと言うと、画面の向こうも満面の笑みで手を振りかえしてくれた。またチェーも差し入れさせて下さいと通訳の方に翻訳してもらうと、時間差で向こうからカムゥンの大合唱が聞こえてきた。

何も知らなかった、オフショア開発のこと。コストの優位性だけで決めた開発体制だったが、その実態は、エンジニアになろうと志を立てたばかりの若いエネルギーの集まりだった。始めたばかりの仕事に苦戦しながらもBooktiqueを完成させようと奮闘する姿は、スミレも画面の向こうに映る皆も同じだ。

「Booktiqueの案件を引き受ける前、ベトナムのみんなに相談したんです。そしたらやってみたい、面白い！って。どうせ作るなら、難しい開発に挑戦して成長したいと言ってくれたので、引き受けてもらったんですよ。オフショアの中でも特別破格な金額で実現できたのは、学習意欲の高いメンバーが自分のスキルアップのために自発的に手を挙げて、チームを編成できたからなんです」

柏原さんの言葉のあと、また少し通訳の時間が開いて、ベトナムチーム全員が深く頷いた。たとえ言語が違っても、柏原さんが慕われている様子は明らかだった。

このみんなと、スミレもチームを作りたいと思った。そして次のチェーの差し入れには、冷却シートも添えるよう柏原さんにお願いしよう。

残り八時間。明朝九時に予約したメディア向けのリリース配信で、Booktiqueはいよいよ世に出ることになる。

ローンチのニュースはすでにメディア各社へ共有済みで、よほど社会を揺るがす大事件や自然災害がない限り、その日のうちに数社が記事をアップしてくれる予定である。その中でも比較的有名なビジネス系のウェブメディアは、親友の深鈴が知り合いの伝《つて》を辿って事前リークしてくれた媒体だった。スミレのアドバイスのお陰で、深鈴とジェイミーは順調にデートを重ねているらしい。

ウェブサービスのローンチは、通常ステージング環境でバグを確認し完全に作り終えた後、本番環境に流し込んでリリースとなる。今まさに、Booktiqueは本番環境への書き込み作業の最中で、スミレと柏原さんにできることは本番環境で新たなバグが発生しないことを祈るくらいだった。

いつ何が起きるか分からないので、今晩は柏原さんとベトナムチームとスミレ、三者のオンラインミーティングを繋ぎっぱなしの状態で、必要があればマイクとカメラをONにして話しかけようということになっている。

スミレのテーブルの上にはエナジードリンクの空き缶が三本並んでいた。緊張と、感じたことのないアドレナリンが溢れ出ており、眠ろうと思っても逆に眠れず、ここ二日はほぼ完徹状態だった。

「あ、そうそう。加藤さん、これ覚えていますか？」

手持ち無沙汰に耐えられなくなったのか、ずっと黙っていた柏原さんに突然話しかけられて、スミレも慌ててカメラをＯＮにする。

柏原さんが共有した画面には、スミレが一番最初に渡した手書きの設計図が映し出された。

「うわ、今見ると恥ずかしいですね。というか手書きの指示書でエンジニアを動かすなんて、今考えると信じられないです」

「いえいえ、この手書きに込められた熱量で、僕は一緒にやることを決めたんですから」

あんなに一生懸命書いたはずなのに、今見るとそれは目を覆いたくなるほどに稚拙だった。指示書どころかメモ同然のこの紙は、当時書いているスミレ自身も半信半疑だったように思う。けれども確かに、そこには熱があった。恥ずかしさなんてどうでもいいくらいに伝えたいという思いが迸《ほとばし》っている。

「加藤さん、今の目標ってなんですか？」

「え？　もちろん明日の朝無事にローンチさせることです」

「そうですよね。でもインターネットのサービスって、ローンチ日は○歳の誕生日のようなものので。一見、僕らにとっては苦労してようやく辿り着いたゴールに感じますが、そこが本当のスタートライン。毎日毎週細かい改善を続けて、サービスが一丁前に機能するまでに成長させるのにはだいたい半年くらいかかるんですよ」

「うん、今ならなんとなく分かります。私も考え直さなくちゃいけないですね、目標」

「ITサービスだって、結局は人が作る生物《なまもの》だと思って僕は日々向き合っています。だからね、ローンチした後も続ける覚悟があればいつか絶対に成功するんです。育ての苦しさも一緒に楽しんでいきましょうね」

「嫌だな、まだまだ苦しいんですね」

「当たり前です」

額に冷却シートを貼っていつも通り笑う柏原さんからは、明日が期日という緊張感は感じられない。それはきっと、彼が明日ではなくずっと先を見据えているからだということを、スミレは今更ながらやっと理解した。


朝方四時半。沈黙を続けていたベトナムチームが、何やらカメラをONにして動き出した。

本番環境への移行は終了したが、購入カートに一部トラブルが出ているらしい。

六時。カートトラブルが直らなくて困っている様子。スミレのテーブルに転がるエナジードリンクの空き缶は四本に増えていた。最悪、購入が出来ないままでもローンチはずらさないので、具体的なバグを教えて欲しいと伝えた。

六時四十分。ベトナムチームが騒がしくなった。修正が完了したので購入フローをみんなで確認したいという。加藤さんのクレジットカードで実際に購入をお願いしますと言われたので、スミレの画面を共有し、Booktiqueのウェブサイトから診断テストに答えた。その後、購入に進み住所を入力。肝心のクレジットカード情報を入力する画面では、カメラの向こうで全員が固唾《かたず》を飲んで見守る空気感がそのままこちらへ届いていた。

「うおおおおおおお！」

購入完了画面のサンクスページが映し出されると、一斉に大歓声が沸いた。近所迷惑を恐れ急いで口を塞ぐと、スミレはジェスチャーに切り替え喜びを表現し続けた。脆《もろ》く危なっかしい最終チェックに不安は消えないが、今自分たちがこのスケジュールでできる最善のサービスであることに間違いはない。

カメラの向こうではベトナムチームの皆もそれぞれ称《たた》え合ったり拳を握りしめていたり。本当に嬉しい時にガッツポーズが自然に出ることはスミレも経験済みだが、どうやら万国共通らしい。

朝六時五十一分。ローンチまであと二時間ちょっと。いつまでもこの喜びに浸っていたいような気がしたが、本番はここから。スミレの掛け声で本番サイトのパスワードが外され、とうとうBooktiqueは世に放たれた。

あとはそれぞれの持ち場に徹するため、繋ぎっぱなしだったビデオ会議を終了した。スミレの部屋に、朝の静けさが戻る。熱々になったラップトップも、休ませるなら今しかないと電源を落とし、ローンチ後の対応やトラブルに備え自分も今が休みどきだと思った。スマホ片手にベッドへ倒れ込むと、無防備にスクロールしたＳＮＳのタイムラインに表示された投稿の一つに手が止まる。

（こんなことってあるんだ……）

投稿時刻は同日深夜。皮肉か運命か、彰が結婚報告を投稿したのはBooktiqueローンチと同じ日だった。あるはずだった十二月のデートは、もしかすると結婚報告のつもりだったのかもしれない。人が会社をクビになり、サービスを作るまでにかかった時間と、片想いの相手が素敵な誰かと出会い結婚を決める時間。これがちょうどイコールなんだと思うと、人はそれぞれ本当に別のドラマを生きているんだなと感慨深かった。いいねはもちろん押さない。

このままでは到底眠れそうになかった。シャワーを浴びて仕切り直し、無理矢理目を覚ます。オンラインのサービスとはいえ、お客様をお迎えする緊張感とホスピタリティは実店舗と何も変わらない。服を着替えてしっかりメイクもして、まだ見ぬお客様を画面の前でしっかりと待ち構えよう。

外は少しずつ明るくなってきている。朝日を期待して毛布にくるまりベランダに出てみたが、分厚い雲に覆われて見える気配はなかった。

「これがスタートライン、今日が誕生日」

昨夜の柏原さんの言葉を、そっと呟いてみる。Booktiqueが生まれた今日という日は、起業家のスミレにとってとても大切な記念日。来年も再来年もこの日を祝えるように、そしてもっとたくさんの記念日が増えていくように、これからやるべきことを考え出すとキリがない。ずっと目指してきたゴールは、柏原さんの言う通り本当にスタート地点に過ぎなかった。

急に、ドーナツが食べたくなった。去年の五月、クビを告げられたあの日以来食べられていなかったお気に入りのドーナツ。大好物だというのにあれ以来なぜだか一度も頭に浮かばなかったが、もしかすると、ようやく心にも余裕が戻ってきたということなのかもしれない。今日はドーナツとコーヒーをテイクアウトして、ゆっくり朝食を食べよう。

スミレは毛布を手に持ったまま、ぐーっと伸びをしながら大きな深呼吸をした。

一月のいつもと変わらぬ朝、普段なら起きてもいないこの時間。自分の吐いた真っ白な息の向こうに、大きな虹を見た気がした。

エピローグ

新聞の見出しに小さく掲載された買収のニュースを、スミレはハノイのホテルでのんびり眺めていた。さすがは五つ星。日本の今朝の朝刊だってロビーには当たり前に揃っている。

「選書サービスBooktique　大手出版社へ売却。数億規模か?」

買収額は非公開としたものの、億単位のお金が動くことが昨今出版・書店業界では珍しく、報道では金額の部分が強調されていた。新聞の経済面に止《とど》まらず、ウェブニュースや業界紙もこぞって取り上げ、SNSでは一体Booktiqueはいくらを手にしたのかと推測するビジネスゴシップが溢れていた。

十年前、スミレの自室から生まれたBooktiqueは、今月から大手出版社の傘下に入ることになる。スミレは改めてグループの一員として就職をし、一年かけて仕事を引き継いでいく予定だ。

Booktiqueの買収交渉はジェイミーがリードした。結局、十年間にわたりジェイミーは会社の相談役を務めてくれたのだが、頑《かたく》なに対価を受け取らなかった。深鈴と結婚し一児の父になれたのはスミレちゃんのお陰だからとかわされ続けたので、来年生まれる第二子の出産祝いはせめてうんと弾もう。三歳になったばかりの可愛い姪《めい》にも、いつも通り貢ぎ物を忘れてはいけない。

数億と濁したのには訳がある。大した金額にならなかったのだ。

エンジェル投資家の山村さんと久留美社長に加え、サービスローンチから半年で会社の取締役に就任した柏原さん、その後に入社した社員たちにも対価を還元し、最終的にスミレの手元に残った金額は税金も差し引いて数千万円。普通に会社員として十年働いたらもらえるボーナスに相当する金額だ。世の中の憶測では色んな金額が飛び交っていたが、むしろそんなお金持ちに祭り上げてくれてありがたいなぁ、とどこか他人事《ひとごと》のように思っていた。

「Would you like another cup of tea, Miss?」

「Yes, please.」

冷めた紅茶に気づいたホテルのスタッフが、熱い紅茶をなみなみと注いでくれた。日本人女性は、世界的に見ると実年齢よりも幼く見えると言われている。スタッフによる淀みないMissの敬称に、そろそろ既婚者を表すMrsで呼ばれてもいい歳なのにと思う。若く見られることが嬉しいわけではない、年相応に美しくいたいのだ。女の自分ですら、女心はなかなかに複雑だと思う。

（誰かいい人いないかなあ）

スマホを手に取り、久しぶりにマッチングアプリを起動してみる。が、数人をスワイプしたところですぐ飽きて止めてしまった。

仕事の傍ら、この十年間で人並みにデートも重ねた。一年半前に出来た恋人とは同棲も試みたが、先日解消したばかり。適齢期という言葉もちらつき、結婚という選択肢を幾度となく検討したが、逆に年齢を考えなければこの人と結婚するのかと逡巡しているうちに、最後は彼の方から別れを告げられた。

時代も、スミレも、起業当初の十年前と比べると随分と変わってきている。ことスミレにおいては、少々変わりすぎたのかもしれない。強く逞しく、自分の心の操縦席にどっしり構える今のスミレにとって、幸せと結婚を結びつけることはあまりに安易だ。仕事も一区切りついた今、新たな恋を探したい気持ちもあるし、一人を謳歌《おうか》したい気持ちもある。どちらにせよ、幸せな毎日は自分自身で作り出せばいいこと。仕事も恋愛も、また新たな章に突入すると思うと胸が躍った。

目の前に広がる運河を眺めながら、数千万円の使い道を考えてみる。おしゃれなカフェのコーヒーは毎日テイクアウトできるようになったし、奮発すればこうして五つ星のホテルにだって泊まることができる。いざお金を手にしてみると、意外と欲しいものは見当たらなかった。それより何より、資金調達をしたあの日からずっと感じていた責任と約束の重責から放たれたことで、最近はぼーっとする時間が増えていた。

「加藤さん、いきますよー！」

後ろから呼ばれて振り向くと、そこには柏原さんがベトナムのオフショアチームをずらりとひき連れて立っていた。柏原さんの手元には、もう何度差し入れしたか分からないチェーが二つ、スミレが飲みたいとずっと言っていたのを覚えてくれていたようだ。

Booktique開始当時は二十代だったオフショアチームも、今では皆三十代に突入し、会社を引っ張る存在へと立派に成長している。ロビーには日本から連れてきた会社のメンバーも集まり始め、今夜はスミレ主催で売却成功の打ち上げパーティが開催される。ベトナムサイドは、この十年の間に転職で抜けたメンバーにも声をかけたため、なんと十七名参加と大変な大所帯となった。日本勢と合わせて総勢二十五名、その真ん中を歩く柏原さんは、相変わらず皆の父親役のように、朗らかな笑みを浮かべていた。

ワンルームのアパートでBooktiqueの構想を始めてから十年と少し。お金もなく、不安と戦いながら、決して夢を諦めなかった当時の自分がこの風景を見たらなんと言うだろう。もしも会うことができるなら、そっと肩を抱いて大丈夫だよと耳打ちしてあげたいけれど、未来が見えないからこそ、時として信じられないくらいのエネルギーを放つように人間は出来ているのかもしれない。始まりの瞬間が険しい暗がりだった分、進んだ道の先には想像以上に明るく賑やかな未来が待っていた。

「はーい」

新聞を折りたたみ、呼ばれた方へ向かって歩き出す。スミレに向けられたみんなの笑顔は、この十年間の試練を全て帳消しにしてしまうほど、それは美しく威力のある光景だった。一瞬も見逃すまいと一人一人の表情を確認しながらゆっくりと近づくと、また一つ、人生に新たな色彩が加わっていく。

頑張らなくてもいい。人と比べなくてもいい。自分らしさを重視するそんな巷《ちまた》の価値観の逆を行くように、自分を置き去りにしてギリギリの精神力で働いたあの頃。その先に待ち受ける未来なんて全然予想もできなかったけれど、間違いなく、あの時の選択の数々がこの幸せを運んできてくれた。時代遅れの働き方にずっと自信を持てずにいたけれど、そんな自分もまた、人と比べずに肯定してあげたいと今は思う。

新しい環境で始まる仕事、引き継ぎ、自分の次のキャリア、そしてお金の使い道。この先の未来は分からないことだらけだが、まあいいか。大冒険は前ぶれもなく突然始まり、思いもしない自分自身に出会わせてくれることを、歩んできた道が教えてくれたから。

森本萌乃(もりもと・もえの)
1990年東京生まれ、株式会社MISSION ROMANTIC代表。新卒で広告代理店に入社後、外資系企業とスタートアップ二社の転職を経て2019年自身の会社を創業。本を通じた人との出会いを提供するオンライン書店・チャプターズは、オープンから2年で登録者延べ5,000名を超え、独身男女から新たな出会いの選択肢として注目を集める。趣味は旅先での読書。

本書のテキストデータを提供いたします
視覚障害・肢体不自由などの理由で必要とされる方に、本書のテキストデータを提供いたします。こちらのQRコードよりお申し込みのうえ、テキストをダウンロードしてください。

本書は書き下ろしです。本作品はフィクションであり、実在する人物・団体等とは一切関係ありません。

あすは起《き》業《ぎょう》日《び》!

2024年3月13日　初版第1刷発行

著　者　森本萌乃
編　集　室越美央

発行者　庄野 樹
発行所　株式会社小学館
〒101-8001　東京都千代田区一ツ橋2-3-1
編集 03-3230-5133　販売 03-5281-3555
DTP　株式会社昭和ブライト
印刷所　TOPPAN株式会社
製本所　株式会社若林製本工場

ISBN978-4-09-386716-0